掟《おきて》上《がみ》今日《きょう》子《こ》の家《か》計《けい》簿《ぼ》

西尾維新
NISIOISIN

Kodansha

装画／ＶＯＦＡＮ
装幀／Ｖｅｉａ

第一話

掟上今日子の誰がために《クイボノ》

1

事実は小説より奇なりなんて言うけれど、実際には小説で書かれるような出来事が現実の世界で起こることはないし、まして推理小説で書かれるような殺人事件が事実上起こることなんてないのだ——と、そんな説教じみた物言いを聞かされるたび、こういう大人にだけはならないようにしようと心に誓っていた御簾野《みすの》警部は、しかし今回、その考えを少しだけ改めることにした。

微調整ではあるが、彼もまた、大人になったということなのかもしれない。

それがどういう大人かはともかく。

ともかく彼は、推理小説で書かれるような殺人事件が、現実の世界で起こったとしても、それは推理小説で書かれるようには進行しない——ということを、思い知らされることになった。

叶《かな》ってみれば、輝かしい夢もただの味気ない現実であるということで、それは念願の警部職に昇進したときと、似たり寄ったりの感想だった。

責任は増える、手続きは増える、仕事は増える。

いいことばかりではない。

……いや、別に御簾野警部は、推理小説で書かれるような殺人事件が起こって欲しい、それを担当したいなんて、不謹慎なことを考えていたわけではないし、どんな殺人事件であっても、それに『いいこと』が伴うことなんてないのだけれども。

だから——あるのは、煩雑《はんざつ》な作業である。

小説では書かれないあれやこれや、編集されてカットされた、面白くもないごたごたである。

いつものことと言えばいつものことであり、取り立てて今更、思い詰めるようなことでもないのだけれど、それが今回の事件では、特に極まっていた。

（なにせ……吹雪の山荘。クローズド・サークルって奴だ——推理小説の舞台としちゃあ、出来事どころか出来過ぎだ）

まあ、ちょっと古めかしくはあるけれど。

だとすると、迷っている場合でもない——推理小説のような舞台が整っているというのなら、推理小説のような名探偵を呼び出すしかないだろう。

忘却探偵と呼ばれる彼女こそ。

推理小説では描かれることのない、厄介な問題を抱えた名探偵なのだけれど——

2

「お待たせしました、初めまして。置手紙《おきてがみ》探偵事務所所長の掟上今日子《おきてがみきょうこ》です。寒いですね、やっぱり」

山上のペンション『スターゲイザー』にやって来た今日子さんは、御簾野警部に向けて、そんな風に自己紹介をしつつ、深々と頭を下げた——雪山の中では、総白髪《そうしらが》がいやに映えて、ちょっとした雪女のように仕上がっている。

まあ、眼鏡《めがね》をかけた雪女もいないだろうが、しかしあるいは本人もそれを意識しているのか、ファッションは白で統一されていた——ふかふかのコートも、マフラーも手袋も、白系一色である。ブーツだけが赤色で、目立っていた。

（初めまして……か）

実際のところ、御簾野警部が今日子さんに、こんな風に捜査協力を要請するのは既に四度目なのだが、すっかり忘れられている。

これは別に、御簾野警部が印象の薄い男であるとか、彼女が失礼な人間であるとかではない——己《おのれ》の印象については確信は持てないけれども、少なくとも今日子さんは、御簾野警部が知っている探偵の中では、かなり礼儀正しいほうの探偵である。

礼儀正し過ぎて、ビジネスライクなくらいだ。

にこにこ微笑《ほほえ》んでいる笑顔も、そういう意味で言えば、コミュニケーション上の壁を感じなくもない——向こうは初対面だと思っているのだから、当たり前だけれども。

忘却探偵・掟上今日子。

彼女の記憶は、一日単位でリセットされる。

言うなら一度しか読み込みのできないデータメモリみたいなもので、どんな事件を調査しようと、どんな真相を導きだそうと、それらを翌日には、綺麗《きれい》さっぱり忘れてしまう。

つまりタイムリミットのある探偵なのだ。

だが、それゆえに、探偵にとっては最優先事項とも言える守秘義務を、絶対に厳守できる、探偵の中の探偵でもある——だからこそ、こうして警察機関の所属である御簾野警部が、仕事を依頼できるのだ。

(推理小説の世界と違って、現実じゃあ、警察が私立探偵に捜査協力をお願いするなんて、なかなかあっちゃあならないことだものな——それも虚構を現実に起こすにあたって、粛々《しゅくしゅく》と行わねばならない、わずらわしい手続きって奴か)

そんなことを思いつつ、

「初めまして。御簾野といいます」

と、警察手帳を見せつつ、自己紹介を返す。

別に彼のほうからも『初めまして』という必要はないのだけれども、これはこれで手続きというか、忘却探偵との仕事を開始するにあたっての、儀式のようなものだった。

「はい、よろしくお願いします。微力ながら、お役に立たせていただきますので、ご期待ください。それで、このペンションで、事件が起こったのですか？」

早速《さっそく》、今日子さんがそんな風に切り出した。

さすがは早速の探偵——違う、最速の探偵。

一日というタイムリミットがあるがゆえに、段取りをすっ飛ばすところが彼女にはあって、そこだけ取り上げれば、推理小説よりも話が早くて助かるとも言えた。

ただ、雪の降る門前でするような話でもない。人目もある。

御簾野警部はもう気にならないけれど、今日子さんのことを知らない地元の警察官から見れば、捜査主任と謎《なぞ》めいた白髪《はくはつ》女性が立ち話をしている様子というのは、不可思議なそれと映るだろう。

「詳しい話は、中でお願いします――空き部屋を用意してもらっておりますので」

「あら。そうですか。では、お言葉に甘えまして」

言ってから、今日子さんはふいに後ろを振り向いた――そして少し足を止める。

「？　どうかしましたか？」

「いえ、帰りのバスの時間を気にしたのです。いつまであるのかなって思いまして――私の場合、泊まっていくというわけにはいきませんからね」

推理小説の探偵と違って。

今日子さんは冗談めかしてそう言ったけれども――それこそ、今、御簾野警部が、頭を悩ましている問題なのだった。

3

「昨夜、このペンション内において、殺人事件が起きました――被害者は宿泊客の、出雲井《いずもい》未知《みち》さん。女性です」

ペンション一階の客室に案内し、飲み物（ブラックコーヒー）を用意し終えた上で人払いをして、御簾野警部は事件の概要を説明し始める——彼自身、まだ全容をきちんと理解しているとは言えない、起きたてほやほやの事件なので、話しながら整理していきたいところもあった。

「はあ。お悔やみ申し上げます」

と、今日子さんは手を合わせた。

別にこの部屋が事件現場なわけではないのだが——まあ、構造は同じである。

ちなみに、コートの下の、もこもこのセーターも白かった。

食事するときかなり気を遣いそうなファッションだ。

「なるほどなるほど。しかしペンションに来たのは初めてですが、一般のホテルよりも、お洒落《しゃれ》な間取りになっているのですね。うふふ、こうしていると、御簾野警部と二人で、スキー旅行に来たみたいですよね」

どきりとするというより、ただただ無防備なことを言われて、御簾野警部は、いきなり出端をくじかれたような気分になる——探偵としての能力には疑いを挟む余地はないにしても、やっぱり今日子さんは、決して仕事しやすい相手とは言えなかった。

（それも、小説と現実との違い……か。推理小説じゃあ、探偵の色恋沙汰《ざた》がスパイス以上の意味を持つことなんてないものなあ）

最近はレパートリーも増えているのだろうけれど——しかし、少なくとも今日子さんは仕事においてはストイックな探偵で、その思わせぶりな台詞《せりふ》は、「被害者の出雲井さんは、どうだったのでしょう？」という質問のための、前振りだったようだ。

ビジネスライク。

「つまり、彼女には、一緒に宿泊していたかたはいらっしゃったのかという意味ですが」

「いえ、一人旅でした。今時、珍しくもありませんが——純粋に雪山にスキーを楽しみに来たらしいです」

考えてみれば、ペンションに来たのが初めてだという今日子さんの言葉も、まったく信憑性《しんぴょうせい》のあるものではないのだけれど、少なくとも記憶にないことは確かだろうから、『今時』なんて前置きは不要だったかもしれない。

「スキーですか。バスが遅くまであるようでしたら、私も一滑り楽しんでいきましょうかねえ」

そんな余裕のあることを言う今日子さん。

最速の探偵としての自負として受け取れば、頼もしい限りだ——もちろん、あまった時間をどう活用しようと、それは彼女の自由である。

個人的には今日子さんのスキーウェアというのも見てみたい……、いや、余計な願望だ。

御簾野警部は、事件が解決すれば、そそくさと帰るだけである。

スキー旅行に来たのではない。

捜査に来たのだ。

「死因や犯行時刻を、お願いします。わかっている範囲で構いませんので」

人死にについて、そんなにはきはきと訊《き》かれると、戸惑いも覚えるが、そこはお互いプロである。

御簾野警部は感情を込めずに淡々と、

「死因は撲殺――犯行時刻は昨夜、深夜の一時から三時までの間と見られます」

と、質問に答える。

「犯行現場は宿泊していた201号室――一人で泊まっていた部屋の中での犯行ですので、当たり前ですけれども、目撃者はいません」

「ふむ」

と、今日子さんは頷《うなず》く。

「ということは、想定される犯行時の状況は、真夜中に、201号室を訪ねたどなたかが、被害者を殴り殺したということですね――寝ているところに忍び込んだのか、それとも、被害者に招き入れられたのかは、まだ判断できませんが」

「ええ……そうですね。ただ、寝ているところを殴られたのではないと思われます。被害者はベッドの上で死んでいたわけではありませんから――意識がある状態で、ふいをつかれたのではと」

争った様子や、抵抗した様子はなかった。

それはとりもなおさず、現場に犯人を特定できるような痕跡《こんせき》が残っていなかったということでもある。

「一人旅の最中、真夜中に誰かと顔を合わせて、ふいをつかれる——なんてことが、あるんですかねえ？」

今日子さんはぽつりと、そんな疑問を呈してから、切り替えたように、「目ぼしい容疑者はいるのですか？」と、次の質問をしてきた。

「はい。ただ、容疑者と呼ぶべきかどうかは、わかりません。これは、単純に、犯行可能な人間という意味でしかありませんから——今日子さんも先ほど気にされていましたが、ここは交通の便がいいとは言えない場所ですからね」

だからこそ、ペンションとして商いが成立するのだが——吹雪《ふぶ》いてしまえば、交通事故を未然に防ぐために、すぐに道路は封じられてしまう。

「ということは、昨夜はここは、クローズド・サークルが成立していたということですか？外部からは侵入できないし、また、外部に出て行くこともできないという——」

さすがは名探偵である、通りがいい。

「ええ。今日は比較的天候も穏《おだ》やかですけれど、昨日は午後から、一メートル先も見えないような大雪だったそうですよ。スキーどころか、ペンションから一歩も外出できないような」

「はあ」

今日しかない今日子さんは、昨日の話を、まるで別世界の伝承みたいに聞いている。

「山の天気は変わりやすいということですか——ということは、容疑者は、あるいは容疑者候補は、当時このペンションに宿泊していたお客様と、ペンションの管理人さんに限られるということになりますね」

「はい。そういうことです」

言いながら、御簾野警部はメモ帳をめくる。

容疑者のリストを、そこに書き付けておいたのだ——それを読み上げる。

「昨夜、このペンションに泊まっていた宿泊客は、被害者を除けば三組です。父・母・娘・息子という構成の四人家族、若い男女のカップル、最後の一組は、仕事を引退した老夫婦ですね」

そう前置きをしてから、具体的な名前や年齢を開示する——完全なる個人情報で、民間の探偵にほいほい教えていいものではないのだが、相手が忘却探偵なので、漏洩《ろうえい》の心配はまったくない。

事実、今日子さんはこの情報を、記憶だけではなく、記録にも残さない——メモを読み上げる御簾野警部に対し、彼女はメモを取り出しもしない（そもそも持っていないと思われる）。

「ふむ。宿泊客は、被害者を除いて合計八名——それに加えて、管理人さんですか？」

「ええ。兄と妹の、二人のきょうだいで経営しているそうです——脱サラという奴ですね。経営は今年で五年目だそうですよ」

「へえ。いいですねえ。私、一人っ子ですから、お兄ちゃんって憧《あこが》れます」

「……今日子さん、一人っ子なのですか？」

「さあ……、いたとしても、忘れているだけかもしれません」

結構ヘビーなことを言っている。

忘却探偵の家族事情。

「となると、容疑者は、総計で十人……まあ、厳密に言えば、家族旅行チームの、娘さん息子さんは、除いてもいいかもしれませんが」

「ですね」

除いてもいいというより、除くしかないだろう。

娘は六歳で、息子は四歳だ。

撲殺に使われたような凶器を、持ち上げられるかどうかも怪しい——実質的には、容疑者は八人と考えていいだろう。

家族旅行の父（32）・家族旅行の母（30）。

カップル男（22）・カップル女（24）。

老夫婦夫（61）・老夫婦妻（57）。

管理人兄（35）・管理人妹（30）。

「うふふ。推理小説なら、登場人物表を見ただけで犯人を当てられたりもするものですけれど、これではさすがにわかりかねますね」

今日子さんはそんな風に微笑む。

どちらかと言えばそれは、推理小説よりもミステリードラマのキャスト一覧を見たときに言えそうなことだけれども。

「そもそも、同じペンションに泊まっていたというだけで容疑者扱いされたのでは、たまったものではありませんよね——みなさん、今はどうされているのですか？」

「どう、と言いますか……、それぞれ、このペンションに待機していただき、聴取に応じていただいております。……それが問題と言いますか、今日子さんに相談したいところなのですが」

「相談？」

と、今日子さんは首を傾《かし》げる。

「てっきりご依頼は、殺人事件の解決だと思っていたのですが、最速の探偵の早とちりでしたか？」

「いえ、もちろん、最終的にはそういうことになるのですけれど——できるだけ、早く解決していただきたいのです」

最速の探偵相手に、今更言うまでもないことを、御簾野警部は言った——むしろ、強調して言った。

「なにせ、天候がご覧の通り、回復してしまいましたからね——山を下りようと思えば、自由に下りることができるんです。つまり……、容疑者である宿泊客が、帰りたがっているんですよ」

「帰りた——がっている」

「もちろん、我々としては彼らに、それぞれの地元に帰られてしまっては捜査上、大いに不都合なわけでして——ある程度の目処《めど》がつくまでは、この雪山に滞在していただきたいわけです。そうお願いしたら、だったら警察が宿泊費を持てと、ごねられまして」

ごねると言うと印象が悪いし、自分でも失言だと思ったが、しかし社会正義を執行しているつもりの身の上としては、それが偽らざる本音だった——ことは殺人事件の捜査なのだから、後ろめたいところがないのであれば、善良なる一市民として、惜しみなく協力して欲しい。

そう、推理小説の登場人物のように。

ただ、事実は小説より奇なり——ならぬ、事実は小説より煩雑なりで、宿泊客からの苦情ははなはだしかった。今日中に帰らないと心配した家族が迎えに来てしまうから実家に電話して欲しい、なんて無茶な要求までされた——たまったものじゃない。

まあ、予定だってスケジュールだってあるだろうから、自分が同じ立場だったら、間違いなく文句を言ったに違いないと思うと、無下《むげ》にはできない——さりとて、子供も含めて、八人分もの宿泊費を経費で落とすというのは、さすがに無理がある話だった。

ごねる相手にごり押しをして、事情聴取や取り調べに不備があってはならないけれど、御簾野警部には御簾野警部の、職場での立ち位置というものがあった。

そこで彼は、白髪の探偵に、白羽の矢を立てたのだった——今日子さんへの依頼料のほうが、八人分の宿泊費よりは、まだ安い。

「なので、今回は、今日中ではなく、ペンションのチェックアウトの時間までに、事件を解決していただきたいのです——可能でしょうか？」

「最速の探偵としては、不可能だとは言えませんね」

あっさりそう受けて、今日子さんは部屋の中の置き時計を見やった——現在時刻は午前十一時、そしてチェックアウトは正午までだった。

あと一時間。

「どうやら、午後はスキーを楽しませてもらえそうで、何よりです——それにしても、宿泊費くらいで野暮《やぼ》なことを仰《おっしゃ》るとは、みなさん、余裕がありませんねえ」

「いや、まあ、決して安くはありませんからね。当然と言えば当然なんですが……」

「ただしそういうことなのであれば、私からも相談させていただいてもよろしいでしょうか。ほら、自動車だって、高速料金は必要ですよね？」

4

その後のかなり野暮な、もといシリアスな価格交渉で、ただでさえ少ない時間を更に消耗してしまったところで、御簾野警部と今日子さんは、本格的なディスカッションに入った。

「では、まず最初に、前提条件を確認させていただきたいのですが、御簾野警部。被害者の出雲井さんは、一人旅で、すなわち他の宿泊客のみなさんとは、それ以前の面識はないのですよね？」

「はい。ないと思われます——もちろん、断言はできませんけれども、しかし、住所もぜんぜん違いますしね。過去にご縁があったとは思えません。宿泊客だけではなく、出雲井さんは、このペンションに宿泊するのも初めてだったそうです——つまり、管理人兄妹とも、初対面です」

「なるほどなるほど」

と、今日子さん。

報酬が倍近くまで跳ね上がったことでほくほくらしく、いつも以上に仕事に乗り気のようだった——なんというか、文字通り、現金な探偵である。

(金で動く名探偵なんて、あんまり聞かないけれど——これもまたリアリティか)

魅力的な謎が解けたら、お金なんていらないと言ってのけるような探偵は、なかなかいないということである——今日子さんは今日子さんで、極端だったが。

「とすると、殺人に至るような動機があったとするなら、滞在中に、犯人と被害者の間に、なんらかのトラブルがあったと考えるべきなのでしょうか」

「わかりません。もちろん、この手のペンションですから、宿泊客同士の交流がなかったわけじゃあないんですけれど……、トラブルめいたものはなかったと、全員が証言しています」

誰かが嘘《うそ》をついている可能性は、当然あるにしても——全員が嘘をついている可能性は、いちじるしく低い。

クローズド・サークルという環境ゆえに、トラブルがあれば、その事案を第三者に知られている可能性が高いはずなのだ――それなのに。

「お金目当ての犯行とか？　被害者の持ち物で、なくなっていたものはありますか？」

「それが、ないんです。財布はもちろん、アクセサリーも、スキー用具も……携帯電話やらカメラやらの私物も、すべて残っていました」

論理的に言うなら、なくなったものがないかどうかは、被害者本人にしか判断できないのだけれど、少なくとも貴重品がなくなっているという印象はなかった。

それは経験でわかる。

経験――それは記憶が積み重ならない忘却探偵には決定的に欠けているもので、だからこの説明では、納得してもらえないかもしれないけれど。

「いえいえ、あてにしておりますとも。お互い、足りないところを補い合わなくては。私は経験をいただく代わりに、速度を提供させていただくわけです」

こちらが提供するのは、経験だけでなく金銭もなのだが――まあ、そんなことを言っている時間こそない。

「部屋の鍵《かぎ》はかかっていたのですか？　現場は密室だったのかどうかという浮ついた質問ではなく、単に現場の状況を把握《はあく》したいだけですが」

密室かどうかを訊くのを、浮ついた質問だと思っているらしい――まあ名探偵なんてやっているのだから、推理小説のファンでないわけがないか。

しかし、捜査に必要な情報ではある。

「ホテルじゃなくてペンションですからね……、ドアはオートロックではありません。この部屋もそうなんですが……」

御簾野警部は扉のほうを見る。

いわゆるサムターン錠だ。

「今朝、朝食に呼びにいった管理人の妹のほうが死体を発見した際、扉に鍵はかかっていなかったそうです——つまり、密室状況ではありませんでした。ちなみに、ルームキーは、部屋の机の上に置いてありました」

「ふむ。では、鍵の所在や所有から、犯人を特定することはできないということですか——他に、犯人に繋《つな》がりそうな情報はありますか？」

「現状、ないと言わざるを得ません——容疑者と犯人を繋げる糸が、一本もないんです」

正直なところ、最初は、とても簡単な事件だと思った——それこそ、最速の探偵の力を借りずとも、スピーディに解決させられるんじゃないかと思ったほどだ。

なにせ、容疑者が最初から絞り込まれていたのだ——簡単に特定できると思っていた。

だけど、幼児を含めても十名。

誰も犯人らしくない。

動機らしい動機がないのだ。

「もしも被害者の出雲井さんに同行者がいたなら、その人が筆頭の容疑者ということになるのでしょうが——一人旅ですからねえ。女子の一人旅……、それはそれで、危険ではあるでしょうけれども」

今日子さんはそう言って、思案顔をする。

「彼女を口説《くど》こうとしたどなたかが、思いあまって撲殺した……、ないじゃあないでしょうけれど、その場合、争った形跡がないというのが、不自然です。お話を聞いていると、犯人は被害者を、最初から殺そうとしていたとしか思えません。殺害自体が目的……、うーん」

と、今日子さんは白髪頭を自《みずか》らなで回すようにした。

「被害者の人となりを、わかっている範囲で教えていただけますか？　トラブルを起こしやすい性格だったり、恨みを買いやすいキャラクターだったりしましたか？」

「どちらかと言うと、その逆ですね。むしろ人なつっこい、人好きのする女性だったようです」

一人旅なんてしているから気難しいタイプなのかと、当初は偏見で見た御簾野警部だが、気難しいどころか、旅先で誰とでも仲良くなってしまうタイプだったらしい――会ったばかりの他の宿泊客や、管理人兄妹も、好印象をもっていたようだ。

もちろん、犯人を除いて――なのだろうが。

「その陽気な性格が、反感を買ってしまったのかもしれませんよ？　どんなポジティブな理由でも、同時にネガティブな理由になりかねませんからねえ――ただ、それで殺すというのは行き過ぎですが」

着地点を決めずに、今日子さんは考えながら喋《しゃべ》っている様子だった――いつもの網羅推理ではあるんだろうが、今回は、それを見守っていられるだけの時間的余裕があるかどうかは怪しい。

既に十一時半が近い。

むろん、チェックアウトの時刻までにすべてを解決して欲しいというのは、望みを最大限に言った場合であり、その半分まででも目標を達成してくれれば、御簾野警部としては満足なのだが。

容疑者の八人に、『もうお帰りいただいて結構ですよ。でも、連絡は取れるようにしておいてください』と、鷹揚《おうよう》ぶって言えるくらいまで、事態を掌握《しょうあく》できればいいのだ。

「宿泊客だけでなく、管理人の二人からもせきたてられていましてね——部屋を空けてもらえないと、予約を断らなきゃいけなくなるかもしれない……、その損害を補償して欲しいとか……」

そこまでいくとさすがに知らないと言いたくなるような因縁めいていたけれども、しかし事件関係者とのトラブルは、なるだけ最低限に抑えたかった。

「やれやれ。お金は確かに大切ですけれど、そうも露骨にせせこましいことを言われると、リアクションに困りますねえ」

呆《あき》れたように、今日子さんは肩をすくめた。

先刻、散々御簾野警部をリアクションに困らせたのと同一人物の発言とは思えないけれど。

「私は懐《ふところ》だけでなく、心も豊かでありたいものです」

抜け抜けとそんなことを言ってから（『懐よりも』と言わないだけ誠実か）、

「いずれにしても、みなさん、この殺人事件で迷惑をこうむっているというわけですね――それとも誰か、得をしたかたは、おられるんでしょうか？」

と、今日子さん。

「得？　ですか？」

「ええ。今のところ、誰が出雲井さんを殺したかということ以前に、どうして出雲井さんが殺されたのかが不明点となっているようですので、そのあたりを重点的に探ってみようと思いまして。本来、問答無用で容疑者が絞られている、クローズド・サークルの中でやることではないのですが」

「動機の解明を第一におこなうのですね。つまりワイダニットですか」

先ほどの『密室』というキーワードに引っ張られたわけでもないけれど、推理小説用語を使ってしまった。

幸い、今日子さんはそれを『浮ついている』とは思わなかったようだけれども、しかし、

「ワイダニットではなく、クイボノですかね」

と、訂正をしてきた――クイボノ？

クイボノとは、なんだ？　ミステリー作家の名前だっけ？

「いえ、これも推理小説用語ですよ。先ほど申し上げたような意味です――その事件によって、いったい誰が利益を得たのかを考えるアプローチです」

言うなればワイダニットの逆ですね、と今日子さんは説明した。

記憶がないにしては博識である。

わかっていたことではあるが。

「不勉強で存じ上げませんでしたが……、この場合で言えば、被害者の出雲井さんが亡くなったことで、なんらかの利益を得たかたを推定すればいいのですか？」

「そういうことです」

誰かが死んで、誰かが得をするケース。

あんまり想定して、気持ちのいいものではないけれど……、これも仕事と割り切るしかない。

少なくとも今日子さんは、その点、完全に割り切っていると思われる――普通に考えれば、誰かが死んで誰かが得をするというのは、遺産相続ということになるか。

しかし、性格はともかくとして、被害者の出雲井未知は、収入や貯金は一般的と思われる会社員だった――それに、容疑者の中に、被害者の相続人や、生命保険の受取人はいない。

いわば無関係の赤の他人だ。

「……無関係の赤の他人が死んで得をするケースなんて、ありますか？」

「風が吹けば桶屋《おけや》が儲《もう》かると言いますからねえ」

今日子さんはわかるようなわからないようなことを言う。そのことわざにも引っ張られ、つい、御簾野警部は、お金の損得で考え続けてしまうが――

——損得というなら、どちらかと言えば、容疑者のみなさんの大半は、損をしているわけですよね。不本意にこのペンションに拘束されて……、予定を崩さざるを得なくなって」

宿泊費を警察に要求するのは無理筋だとしても、問題はそのマイナスだけではあるまい。スケジュール通りに生活していれば、得られていたはずの利益（精神的な利益も含めて）も失ったということになるのだから——誰がもっとも得をしたかよりも、誰がもっとも損をしたかを考えたほうが早そうでもある。

「宿泊客のみならず、管理人の兄妹もしかり、ですよね。いえ、一番大きな損害をこうむったのが、管理人のお二人かもしれません」

と、今日子さんは言う。

「なにせ、ペンション内で人が死んだ、それも殺人事件が起きたとなれば、悪評が立つことは避けられませんからね——今後の経営にそれなりの支障を来《きた》すことになるでしょう」

そのあたりは、個人事務所の所長でもある今日子さんの、経営者としての意見なのだろうが、異論はない。

それをもって、すぐさま管理人の兄妹を容疑者から外すというわけにはいかないけれども、ひとつの判断材料にはなるだろう。

少し考えて、御簾野警部は、

「三組の宿泊客にしても、全員が同様に損害を受けているというわけではないかもしれません——序列と言えば大袈裟《おおげさ》ですが、それぞれにそれぞれなりの、格差が見受けられます」

と言った。

依頼したからといって、推理や考察を、すべて探偵に丸投げするというわけにはいかない。真相を言い当てるのは難しくとも、自分の発言が、今日子さんにとってのヒントになる可能性はあるのだから、失言をおそれてはならない。

「格差ですか。どのような?」

「ええと、まず、家族連れのご一行なんですが……、お客さんの中で一番、今のクローズド・サークル的なシチュエーションをこころよく思っていないのは、彼らだと思います」

「それはシンプルに、人数が多いからでしょうか? 滞在が長くなれば、それだけ費用もかさむということで。お子さんも、六歳と四歳でも、通常料金を取られてしまうでしょうからねえ。しかも当日料金ですか」

お金の話の理解が早い。

確かにそれもあるが、ただ、それだけというわけでもない。

「実は彼らは、本当なら、昨日帰っていたはずなんですよ。チェックアウトも済ませていたんです。それなのに、午後からの天候の悪化で、引き返してこざるをえなかったんです——つまり、既に一日分、予定外の出費を強《し》いられているんですよ」

「なんてことでしょう」

その事実に今日子さんは愕然《がくぜん》としたようだった。

お金の話への食いつきが良過ぎる。

一確かにその損害たるや、計り知れませんね」

「お金ですから、金額で計り知れるんですけれども……、それに比べれば、若いカップルは、昨日、吹雪く直前にチェックインして、今日帰る予定になっていましたから、家族連れよりは、出費が少なくて済むでしょう」

それでも彼らは、警察にその費用を持てと強く主張しているのだが――気持ちはわかるけれど、法執行機関を相手にその強気は、やや将来が心配なカップルだった。

どんな警察官も、御簾野警部のように物わかりがいいわけでもないし、最速の探偵とのパイプを持っているわけではないのだから。

「老夫婦はいかがですか？　年齢を考えますと、二人してスキーを楽しみに来たというわけではなさそうですが」

「ええ。スキーやスノーボードではなく、雪山を散策に来たらしいです――ですから、この二人の場合、のんびりと一週間分、予約をいれていました。なので、金銭的な損害はありません」

のんびりと滞在するつもりだったペンションで、こうして殺人事件が起きたというだけで、既に十分過ぎるほど損害をこうむっているという言いかたもできるけれども、少なくとも、他の二組とは、ややポジションが異なる。

「ちなみにそのかた達は、宿泊費を持てとは、要求していないのですか？」

まっとうな疑問みたいに訊いているけれど、いや、それを要求する老夫婦は危険だろう……、金銭感覚が狂っていると言っていい。

「協力的なくらいですよ。もちろん、他の二組と比べれば比較的、という程度ですけれど……、まあ、自分よりも遥《はる》かに若い女の子が殺されるという事件には、いろいろ思うところがあるようです」

むろん、彼らのどちらかが、あるいは両方が、犯人でなければという仮定のもとの印象だけれど。

「ただし、要求されていないからと言って、他のグループの宿泊費をもって、彼らの分をもたないというわけにもいきませんが。クイボノという奴を考えれば、一番怪しいのは、老夫婦ということになるんでしょうか？　考えかたが逆ベクトルでしたけれど、相対的に、彼らが一番得をしていると言えるわけですから」

「うーん。損をしていない、イコール、得をしている、という見方には、かなりの無理がありますね——だって、人を殺すという大罪を、法治国家において犯《おか》してしまったという時点で、途方もない大損をしてしまっているわけじゃないですか。それを取り戻すだけのメリットがなければ、最有力の容疑者扱いは難しいです」

むろん、人の命と釣り合うようなメリットなんて、ないと言うべきですけれども——と、今日子さんは物憂《ものう》い風に言った。

付け加えるように正論を言われると、こんな考察をしていることへの後ろめたさが増すので、やめて欲しい。

「少なくとも、本人にとっては釣り合っていると許容できるだけのメリットは、背後にあるべきでしょうね。プラスマイナスでちょっと浮き、くらいのニュアンスがないと」

「人を殺して、得をしたって思えるケースって、そんなにないように思えますけれどね……、クローズド・サークルにおいては、尚更《なおさら》です」

根本的な視点になってしまうが、吹雪の山荘で人を殺すということ自体が、不合理で、自滅的な行為であると言える——どうしてわざわざ、自分が容疑者だと限定されてしまうような状況で、犯罪を犯さなくてはならないのか。

推理小説と現実との違い。

登場人物表——つまるところの容疑者リストに名前が載るようなリスクは、避けられるものなら避けるはずだ。

まともな精神状態であれば、ペンションから出るのを禁止されるような猛吹雪の夜に、人を殺したりはしない。

まあ、人を殺そうと思う時点で、既に損得勘定が利《き》かなくなっているのだとしたら、まともな精神状態や判断力を想定するのは厳しいのかもしれないけれど……。

「クローズド・サークル……、想定外の悪天候がストレス要因となり、八つ当たり気味に、一人旅の女性を殴ってしまった……」

今日子さんが、たぶん自分でもありえないと思っているだろう可能性を口にする——口に出してみることで、新しい発見があるかもしれないという、彼女の『ものは試し』だろう。

彼女は間違いや失敗を恐れないのだ——どうせ忘れてしまうから。

しかし、八つ当たりというのは、誰のためにも何のためにもならない、クイボノの対極にあるような概念に思えるが——そうなるともう、無差別殺人ではないか。

(不思議なもので、差別はいけないことなのに、それを否定する無差別という言葉もまた、いい意味で使うのは難しい……)

「その基準で理性を失っている容疑者なら、事情聴取をすればそれとわかりそうなものですけれどね——誰でもよかった、ですか」

そう言ってから今日子さんは、

「でも、昨夜ペンションに滞在していた十一人の中では、もっとも殺しやすかったのが、被害者だったという推定は、可能かもしれません」

と、シビアに続けた。

どれくらい本気でその線を検討しているのか、こうなると御簾野警部には計り知れない。

「そうなると、動機は必要ありませんしね。単に、殺しやすそうで、殺せそうだったから、殺したというだけのことで」

「……その場合、もうクイボノもワイダニットも、考慮しなくていいということですか?」

そんな殺人鬼と同じペンションに閉じこめられたとなると、それはもう、推理小説のシチュエーションではなく、ホラー映画のシチュエーションになってしまう。

ならばトリッキーな裏事情を、うんうん唸《うな》って考えるのは、時間の無駄なのかもしれない

——既にチェックアウトまでの残り時間は、二十分を切っている。

まだ現場検証もおこなっていないのに、だ。

しかし今日子さんときたら、まったく焦《あせ》った様子もない——まあ、いくら最速の探偵だからといって、スピードを重視するあまり、雑な推理をされても、クライアントとしてはたまったものじゃないのだが。

「いえ、この場合は、無関係の人間を殺すメリットをこそ、考慮すべきなのです。一般には理解しにくいというだけで、必ず意味はあるはずなんです」

今日子さんは一本、指を立てて言う。

「無関係の人間を殺して得をしたと思えるケース……、そうですねえ。その結果、起こった出来事が、犯人の思惑通りなのだと、仮定してみましょうか」

「？　と言いますと？」

「たとえば、殺人事件が起こったことにより、このペンションの経営が傾いたとします——それはオーナーにしてみれば大損ですけれども、その分、誰かが得をするのかもしれません。たとえばこの山に、ホテルを建てようとしている企業とか」

そんな企業があればですけれど、ととぼけたようなことを言う今日子さんだった——それはクローズド・サークルという状況を無視した仮説なのだろうが、考えかたは理解できた。

誰かの損は誰かの得。

相対的にではなく、総体的に考えるわけだ。

「ある選択で全体が得をするケースがあるよう、全体にとって損だというケースもありますから、本当は一概には言えないんですけれどね。参考までに」

「……では、こういうのはどうでしょう、今日子さん。被害者の出雲井さんは、滞在中、誰ともトラブルを起こしていなかったようですけれど、別の組み合わせで、トラブルが起こっていた可能性は、まだ否定されていません。管理人兄妹と宿泊客のどなたかが、深刻なトラブルを起こしていて、管理人に嫌がらせをするために、ペンション内で殺人事件を起こした——」

思いついた瞬間は、いい線いっている推理が閃《ひらめ》いたみたいな気持ちになったのだが、しかし話しているうちに、どんどん自信がなくなってきた——これは推理小説の読み過ぎだと言われても、仕方のないレベルの仮説である。

仮説どころか、絵空事のレベルだ。

そんなその場のテンションみたいな理由で無関係の人間を殺すような奴に、いったいどんな将来が待っているというのだろう——そんな短絡的な思考の持ち主なら、直接管理人兄妹を殺そうとするだろう。

一人旅の女性のほうが殺しやすかったからといって、他の人間にはがっちりボディーガードがついていて、過剰に殺しにくかったというわけじゃあないのだ。

百歩譲って、よしんばそんな考えがちらりと脳裏をよぎったとしても、少しでも自分の明日のことを考えられる者なら、そんな動機で犯罪に手を染めたりはするまい。

「ふむ。明日、ですか。今日しかない私にとっては、昨日と同様、存在しないも同然の日付ですけれど」

「あ、いえ、ごめんなさい。決してそんなつもりで言ったわけでは……」

「お気遣いなく。私はその技能を生かして働いている探偵ですので――ただ、このままでは、今日の仕事が果たせそうにありませんね」

言って今日子さんは、おもむろに立ち上がった。

そして、「考察は一通り終わりましたし、そろそろ現場を見せていただけますか？」と、御簾野警部を促《うなが》した――ようやくか。

既にタイムリミットまで残り十五分となっているので、こうなると、チェックアウトの時刻までに事件を解決するというのは、現実的には難しくなってきたとジャッジせざるを得ないだろうけれど、なに、宿泊施設には、レイトチェックアウトというシステムもある。

それに、あきらめるのはまだ早い。

その劇的な場面には、御簾野警部は同席したわけではないのだけれど、かつて忘却探偵は、殺人現場に踏み込んだと同時に真相を看破《かんぱ》したこともあるというのだから――目にも留まらぬ事件解決の最短記録を持っているレコードホルダーへの期待を捨てるのは、残り十五分の現状でも、まだ時期尚早である。

（もっとも、そんなスピード解決の手柄を、今日子さんはもう忘れているのだけれど……）

見様によっては、すさまじく謙虚な人だ。

とは言え現場の責任者として、そして依頼人として、保険は掛けておくことにして、御簾野警部は、

「もしも正午までに事件解決の目処が立たなくても、今日子さんには引き続き捜査に協力していただきたいのですが、構わないでしょうか」

と言った――対して今日子さんは、「もちろんですとも」と、請け負ってくれる。

「その場合は、遺憾ながら、通常料金に戻させていただきます――本当に遺憾で、忸怩《じくじ》たる思いですが」

それが世界でもっとも切ない出来事だというように、ふるふるとやるせなさそうに首を振る今日子さんだった――報酬に対する情念が強過ぎる。

「吹雪の山荘にお呼ばれした探偵といたしましては、最低限、連続殺人になるのは防ぎたいところですからねえ」

連続殺人か。

それも推理小説の、クローズド・サークルにおいてはお決まりであり、お約束の定石でもある――現実では、連続殺人事件なんて、滅多に起こるものではないのだが。

一人殺すも二人殺すも同じ――なんて常套句《じょうとうく》も、小説の中でこそ切れ味がいいけれど、しかし現実においては、ただの現実味のない台詞である。

たとえ犯人がそれをもくろんでも、第二、第三の殺人を犯す前に、捕まってしまうものだ……、まして、閉じられた輪の中で連続殺人なんて、特定してどうか逮捕してくださいと、

お願いされているようなものだ。容疑者が減っていく、犯人がおこなう消去法である。

そのお願いに応えられずにいる。

被害者のみならず、犯人に対してまで不甲斐《ふがい》ない思いをすることになるなんて、いやはや、まったくもって素晴らしく、警察官冥利《みょうり》に尽きる事件だ。

「…………」

ん。

と、そんな小気味いい自虐に浸りつつも、御簾野警部はドアを開け、今日子さんを先に通そうとしたのだが、彼女は部屋を出るか出ないかのところで、足を止めた――そしてぼんやり、天井を見上げるようにする。

いや、天井には天井しかないのだが。

この真上の部屋で、被害者が殺されたというわけでもない――残り時間は刻一刻と減殺《げんさい》されていくのに、ほうけられていても困るのだけれど？

「あの……、今日子さん？」

おそるおそる、御簾野警部がぎこちなく訊くと、

「クローズド・サークル。殺人事件。容疑者リスト。殺しやすさ。無差別殺人。連続殺人――クイボノ」

と、彼女は呟《つぶや》く。

そして顔をこちらに向けた――その表情は、ほうけているどころか、いつもにこにことし

ている今日子さんにしては珍しく、極めてシリアスな風に、引き締まっていた。

「御簾野警部。今すぐ、拘束していただきたい宿泊客がいます――お願いしてもよろしいでしょうか」

「え……、拘束って」

それはつまり――クローズド・サークルに閉じこめられた登場人物表の中から、犯人を特定したということか？

現場に踏み込むや否や――どころか、この部屋から出もしないままに？

だが、そうやってスピード記録を更新しながらも、今日子さんに浮かれた様子は一切なかった――むしろ、浮かない雰囲気である。

「じ……、事件解決、なんですよね？」

「いいえ。私の推理が正しければ」

おっかなびっくり問いかける御簾野警部に、忘却探偵は言うのだった。

きっぱりと断言するのだった。

「事件はこれから起こるんです」

5

一人旅の宿泊客、出雲井未知を撲殺した犯人は、男女のカップルだった――二人で共謀しての殺人だった。

昨夜、カップルの女のほうが部屋を訪ねて、用事をでっち上げて、ドアを開けさせたそうだ——女性同士ということで警戒心を緩《ゆる》めさせたのだろう。

そして男のほうが殺人を実行した。

そこだけ取り上げれば、トリックもギミックもない、人間が人間を殺したというだけの殺人事件である——異様なのは、その動機のほうだった。

怨恨《えんこん》でも、金目当てでもない。

出会ったばかりの、人生においてすれ違っただけとも言える被害者を彼らが殺害した理由は、御簾野警部にとっては、およそ信じがたいものだった——本人は忘れているとは言え、実績のある今日子さんが言ったのではなかったら、そんな真相、ブラックジョークとして一笑に付してしまったかもしれない。

羨《うらや》ましくもある。

目を背けたくなるような真相を、明日になればすっかり忘れてしまうという今日子さんが、羨ましくもある——自分で推理して導き出しておきながら、無責任な感も否めないけれど、それが忘却探偵のルールなのだから、やむかたない。

今日子さんには、今日しかない。

そんなことは、依頼する前から織り込み済みだった——そして、今回の事件の犯人であるカップルにもまた、今日しかなかった。

今日しかなかった。

だから彼らは、殺人を犯したのだ。

それで彼らが得たものは——時間だった。

「やはり、考えるべきは、出雲井さんが殺されたことで、誰が利益を得たかということでした——ペンションの経営状態を悪化させることが目的だったというあのたとえ話を、もっと掘り下げればよかったんです」

今日子さんはそう語った。

推理を披露する前に、指示通り、カップルへの任意での拘束は終わらせたので、幾分、探偵の緊張状態は緩和されていて、表情には余裕が戻っていた。

「つまり、事件の結果起こったことは犯人の計画通りであり、目的に適っていたと仮定すれば、見えてくる真相もあったということです」

「……でも、あのカップルが、この山に宿泊施設を建設しようとしていたということでは、当然、ないんですよね?」

御簾野警部からの質問に、今日子さんは、「ええ」と頷く。

「もっとシンプルに考えていいんです。普通に考えれば、人里離れたクローズド・サークルの中で殺人事件を起こすなんて、推理小説の中でもない限りは、不合理極まりありません——それは御簾野警部の仰る通りなのですが、それこそが、犯人の狙《ねら》いだったとするならば、いかがでしょう。クローズド・サークルの中で殺人事件を起こす——容疑者として限定される。そして」

現場に滞在を余儀なくされる。

それこそが目的だったとするならば。

と、今日子さんは言った。

しかしそう言われても、一瞬、意味をとらえかねる――現場に滞在を余儀なくされることが目的？

なんだそれは。わけがわからない。

それが率直な感想だった。

思わず膝を打つような名探偵の推理――とは、とても言えない、推理小説的でない現実だった。

「ですから」

それを見て取って、今日子さんはこのように、説明を追加した。

「殺人事件を起こすことによって、必然的に、ペンションへの滞在期間を延長した――ということですよ。クローズド・サークル内部の容疑者候補ということになれば、そうそう地元へは帰してもらえないことは、ミステリーファンじゃなくっても予想がつきますからね」

「…………」

なんとなくわかってきた。

わかりたくない――ということがわかってきた。

だから抵抗するように、

「犯人は、ペンションに延泊したかったから、殺人事件を起こしたというんですか？」

と、質問を重ねる。

自然、今日子さんを詰問するような口調になった――犯人ではなく探偵を詰問して、どうしようというのか。

「ええ。その通りです」

そんな剣幕に、何食わぬ風に、今日子さんは応じる。

「そう考えると、あっという間に犯人は特定できるでしょう？　ペンションのオーナーである管理人の兄妹は、当然除外できます。元々、あと数日は滞在する予定だった老夫婦も、同様に除外。家族連れのご一行は、昨日チェックアウトして、帰る予定になっていて、既に延泊されていました――事件が起こる前から帰りたがっています」

だから消去法で、若いカップルが犯人だというのか？　帰りたがっているというなら、彼らだって、不本意に引き留められて、迷惑がっていたはずだ――延泊料金を、警察に要求するような図々《ずうずう》しさだった。

「それは演技だったのでしょう。まさか彼らも、本当に警察が、延泊費を持ってくれると思っていたわけではなく――そう主張することで滞在することが不本意だということを、アピールしたかったのだと思われます」

既に一泊、自費で延泊している家族連れのほうは、重なるストレスもあって本気だったのかもしれませんが――と、今日子さんは補足する。

「その物言いに、カップルはのっかったと見るのが、正解かもしれません」

「……延泊したかったのなら、管理人に話して、そうすればよかったじゃないですか。そのために人を殺すだなんて、費用対効果が滅茶苦茶ですよ——あと一日スキーを楽しみたかったとでもいうんですか?」

「一日だって楽しめていませんよ。昨日は到着直後に、悪天候に襲われたのでしょう?」

「じゃ、じゃあ、だから? だから滞在を延ばそうとした? 人を殺してまで?」

だとしたら短絡的どころではない。

完全に破綻《はたん》している。

それ以上最悪なことなんてないというような、おぞましい考えかただ——だがしかし、今日子さんは、

「だったら、まだよかったんですけれど」

と。

さらなる最悪の存在を示唆した。

「費用対効果——コストパフォーマンスの釣り合いが取れる考えかたが、ひとつだけあります。少なくとも、彼らの中で、釣り合ったと思わせるに足る考えかたが」

「ど……どういう考えかたなんですか?」

聞きたくないと思いながらも、職業意識に追い立てられるように御簾野警部が訊くと、

「命と釣り合うものは、本来、命しかないでしょう——つまり、殺人と釣り合うものは、お

よそ殺人しかあり得ません」

今日子さんはそう断定した。

力強い目線で、力強い口調で。

そのスピードに匹敵する推理力をもって。

「要するに、殺人のための殺人ですよ」

殺人のための殺人。

誰のためでも、何のためでもない。

殺人のための殺人。

……もっとも、今日子さんとて、万能ではないし、全能でもない。

そう断定したからといって、事件の全容をあますところなく、すべて把握していたというわけではなく、あくまでも最悪の事態を想定し、いち早く対策に乗り出したというだけだ——だからこその最速の探偵である。

そんな決断が裏目に出ることもままあるのだけれど、今回の場合は、それが大いに功を奏したと言える。

何にしろ、連続殺人を未然に防いだのだから。

それは推理小説に登場する名探偵にだって、なかなかできないことである——とは言え、今日子さんが今回防いだのは、厳密には『次なる殺人』ではなく、『カップルの心中』だったのだが。

真犯人の自殺を未然に防いだ——というのとも、少し違う。

なぜなら彼らの目的は、最初から心中することにあったからだ——スキーやスノーボードではなく、心中を目的とした旅行だったのだ。

本当は前日の夜に死んでいるはずだった。

雪山で二人、抱き合ってロマンチックに凍死するつもりだったという——そんな死にかたの何がロマンチックなのか、御簾野警部には理解不能だったけれども、そんな風に思い詰めるところまで、彼らは追い詰められていたのだとか。

ただ、現実はロマンチックではなく、山の天気は変わりやすい——ペンションに到着してみれば、山から下りられなくなるような悪天候に襲われて、外出は禁じられてしまった。

予定通りに死ぬこともままならないのかと思ったとき、彼らは想到した——今、このペンションで殺人事件が起これば、自分達は帰れなくなる、と。

帰れなくなって——帰らなくてよくなる、と。

……お金の問題ではない。

天候が回復するまで待つ費用がなかったわけではなく、むしろカップルの、女性のほうは裕福な家の娘だった——それを知れば、それだけでなんとなく、事情は察せられるものがあった。

思い詰めて——追い詰められて。

旅行すらもままならず、心中なんてもってのほかで——延泊が許されないのは、懐事情ではなく、家庭の事情だった。

そういうことなら、当然、カップルで旅行をしていることも秘密裏だっただろうし、警察という公的機関の介入でもなければ、迎えが来て帰宅するしかないような状況に、彼らはあったわけだ——いや、実際のところ、他にいくらでも選択肢はあったはずなのに、思い詰めて、追い詰められた彼らには、何も見えなかった。

だから殺した。

たまたまペンションに泊まっていた、その日出会ったばかりで『初めまして』もはなはだしい、無関係の第三者を——一番殺しやすそうだから、殺した。

……将来が心配なカップルだと思った。少しでも自分の明日を考えられる者なら、クローズド・サークルの中で殺人事件なんて起こさないとも思った——どちらも、実に的外《まとはず》れな推論だった。

彼らにはおよそ将来と呼べるようなものはなく、彼らは明日をとっくに見限っていたのだから。

彼らには、今日しかなかった。

だからある意味捨て身で、なんでもできた——彼らは今日さえ乗り切れば、それで上等と思っていたのだから。

そんな彼らが、同じく今日しかない忘却探偵に思惑をくじかれたというのは、なんとも皮肉な展開で、どうにもやるかたない顚末《てんまつ》である。

目的を隠すためのパフォーマンスで、目論見《もくろみ》通りに彼らを現場に引き留めようとする御簾野警部に、念押しのごとく延泊費を持つように要求などしなかったら、今日子さんが雪山を登ってくることはなかったのだから。

結果、改めて心中するために延泊するどころか、彼らは予定通りにチェックアウトして、ロマンチックな報われないカップルではなく得体の知れない不気味な犯罪者として、地元に知られることになるのだから――彼らの行為や企みは、何も実らなかったということになる。

「なんだかんだ言って、悪事も犯罪も、割に合わないものなんですね」

「善良に人なつっこく生きていても、無造作《むぞうさ》に撲殺されたりもしますけれどね」

なんとか自分に理解できる形に、今回の事件を総括しようとした御簾野警部を、今日子さんはそんな風にかわした。

この探偵は聴衆を、簡単に納得させてはくれないらしい――推理小説に登場するような探偵でいて、とことん、リアリスティックだ。

「……じゃあ、今日子さんは？」

「はい？」

「今日子さんは、何のために推理をして……、誰のために探偵をやってらっしゃるのですか？」

言いがかりのようなこの質問に対して、午後スキーに向かう準備をしながら今日子さんは、連続殺人を予見したときのシリアスな顔つきとは打って変わったにこやかな笑顔で、

「推理は何かのためにするものではありませんし、私が探偵をしているのだって、誰のため

でもありませんよ――それでも、お金にはなりますよね」

と、朗《ほが》らかに即答した。

それはシニカルと言うよりは、やはりとことんリアリスティックで、その上、ためになる回答だった。

第二話　掟上今日子の叙述トリック

1

「叙述トリックは、推理小説に数あるトリックの中でも抜きんでて特異な仕掛けなんです」

二々村《ふじむら》警部からの質問に対して、忘却探偵・掟上今日子はそんな風に答えたのだった——警察署の取調室で、警察官と向き合っているというのに、まるで物怖《ものお》じした風がない。

いや、もちろん彼女は、被疑者あるいは参考人として聴取を受けているわけではなく、単に他に空《あ》いている部屋がなかったから、この取調室で話を聞くことになっただけの捜査協力者なのだが——その堂々たる凛《りん》とした態度に、むしろ二々村警部のほうがどぎまぎしてしまう。

「特異な仕掛け……ですか」

「はい。推理小説に特有の仕掛けであるとも言えます——ミステリーというジャンルも開闢《かいびゃく》以来変遷《へんせん》し、ドラマや漫画、アニメやゲームといった様々な表現へと広がっていきましたが、しかし、叙述トリックを使用できるのは、推理小説だけです」

今日子さんはきっぱりと断言し、それから「見方を変えれば」と続ける。

「推理小説とは、すべて叙述トリックであるということにもなります。極論、推理小説である限り、叙述トリックを使わざるを得ない。すべからく推理小説は、叙述トリックであるべしなのです」

アリバイ工作も、密室も、暗号作りも、フーダニットも、ハウダニットも、ダイイングメッセージも、ミッシングリンクも、交換殺人も、バラバラ死体も、クイボノも、推理小説で書かれるときには、総じて叙述トリックであることを前提にします——そう言われて、二々村警部は、

「そ、それほどに根源的なトリックなんですか」

と、身構える。

しかし、

「根源的と言うと、いささか大袈裟ですね」

そうではありません、と、今日子さんは肩を竦《すく》めた。

肩透《かたす》かしを食らわされたような気持ちだ。

「だって、逆に言えば、叙述トリックとは、推理小説でしか使えないトリックなのですから」

「え？」

「密室トリックなんて、推理作家の妄想の産物であり、現実には起こりえない——なんて意味の物言いではありません。どれほどのミステリーマニアであろうとも、現実と推理小説の区別がつかなくなって犯行に及んだとしても、叙述トリックを、現実の世界で再現することは不可能なんです——だって、叙述トリックは、犯人が仕掛けるトリックではなく、作者が仕掛けるトリックなんですから」

ですから。

と、今日子さんはいったん台詞を切って、それから、対面に座る二々村警部に、優しく言

い聞かせるように語った。

「犯人が叙述トリックを使って被害者を殺害した——なんてことは、ありえないのです」

2

市民の安全を守り、社会秩序を維持《いじ》する警察官としてはあるまじきことに、なんと二々村警部は、これまで推理小説を読んだことがなかった。だから『名探偵』に対するイメージも、鹿撃《しかう》ち帽《ぼう》にパイプをくわえ、インバネスコートを着た長身の男というような、古典的でステレオタイプなものでしかなかった——そんなわけで、先輩刑事のツテを辿《たど》って署に招いた、『最速にして忘却探偵』の、実に現代的ないでたちを見て、驚きを禁じ得なかった。

現れたのは、総白髪のヘアカラーに合わせた毛皮の帽子に、丈《たけ》の長いダッフルコート、両手をふわふわのマフの中に入れた小柄な眼鏡の女性だった。

「初めまして、置手紙探偵事務所所長の、掟上今日子です。このたびはお引き立ていただき、誠にありがとうございます——どのような依頼内容であろうとも一日で忘れてみせますので、何なりとご相談ください」

そう言って彼女は深々と頭を下げた。その姿勢でも帽子が落ちないのは、ピンか何かで留めているのだろうかと、二々村警部はどうでもいいことを思った。

なんにせよ、そういう触れ込みなのだ。

否《いな》、帽子のことではなく、記憶のことである。

眠ると記憶がリセットされ、どのような依頼を受け、どのような事件を捜査したのか、きれいさっぱり忘失する——探偵として、これ以上の守秘義務の厳守はないわけで、そんな彼女だからこそ、民間人でありながら、公的機関の警察から、全国的に捜査協力の要請を受けるのだ。

「でも、それだと、自分が誰だかわからなくなっちゃったりしませんか?」

これが彼女との初仕事になる二々村警部は、抱いた疑問をそのままぶつけてみる——二度目だろうと三度目だろうと、何度となく捜査をともにしている二々村警部に紹介してくれた先輩だろうと、仕事をするたびに『初めまして』になってしまう彼女に対する当然の疑問ではあったが、

「ご心配なく、この通りですから」

と、今日子さんは左腕の袖《そで》をまくった。

そこには、マジックペンで『私は掟上今日子。25歳。探偵。記憶が一日でリセットされる』と書かれていた——最低限のプロフィール。なるほど、掟上今日子の備忘録というわけらしい。

「それで、ご用向きは、どういったものでしょう?」

挨拶《あいさつ》も自己紹介もそこそこに、てきぱきと今日子さんは、仕事モードに入る——記憶を一日で失うという忘却探偵のシステム上、一秒一刻を無駄にできないのだろう。

忘却探偵以前に探偵慣れしていない身としては、もうちょっと慎重《しんちょう》に互いの距離感を測り

たいところだったが、どうやらそんな余裕はないらしい——というわけで、二々村警部は今日子さんを取調室へと案内したのだった。

「事件が起きたのは、とある合宿所です」

「とある、と言いますと？」

まずはざっくりと概要を説明しようとしたのだが、今日子さんは細かい点を問いただしてきた——探偵としてのスタイルなのだろうかと、勝手の違いを覚えつつ、「劫罰島《ごうばつ》の、鳥川《とりかわ》荘という合宿所なのですが」と、情報を付け足した。

「劫罰島……、なんだか横溝正史《よこみぞせいし》の小説にでも出てきそうなくらい、物騒《ぶっそう》な名称ですね。それに比べて、鳥川荘とは、ギャップがあります」

そうコメントして、今日子さんは「続けてください」と二々村警部を促した。しかし、横溝正史とは誰だろう？　そういう名前の、知る人ぞ知る推理作家がいるのだろうか。

「被害者は、冬休みを利用して、そのギャップのある鳥川荘で合宿をしていた、大学のサークルのメンバーのひとりです。当時、鳥川荘では、別々の大学の、ふたつのサークルが宿泊していたのですが……、書いてしまったほうが早いですね」

どうやら今日子さんは細かい情報をご所望《しょもう》のようなので、気を利かせて二々村警部は、レポート用紙なりに事件の関係者名を記《しる》そうとしたのだが「おっと、お待ちください」と、万年筆を取りだしたところで止められた。

「書面に記録を残すのは、忘却探偵の流儀に反します。なので、もしも書くのであれば、是非こちらにお願いします」

そう言って今日子さんは、先ほどとは逆の、右腕の袖をまくり、二々村警部に差し出した——どうやら、そこに書けということらしい。

他人の肌に字を書くという機会は、二々村警部のこれまでの人生には、推理小説を読むのと同じくらいなかったことだったが、本人が是非にというのであれば、固辞するわけにもいかない——取調室というホーム中のホームで対話しているにもかかわらず、なんだか、すっかりペースを握られている気がする。

そのあたりも最速なのだろうか。

ただし、さすがに万年筆では先端が鋭過ぎるだろうと配慮《はいりょ》して、二々村警部はいったん部屋を出て、自分の机からサインペンを取ってきた。

そして、手持ちの手帳と照らし合わせながら、今日子さんの前腕部に、次のように書く。

樫坂《かしざか》大学推理小説研究会
千良拍三（ちら・はくぞう）
美女木直香（びじょぎ・なおか）
夥田芳野（おびただだ・よしの）
大隅真実子（おおすみ・まみこ）
石林済利（いしばやし・なりとし）

寿々花《すずか》大学軽音楽部
雪井美和（ゆきい・みわ）
里中任太郎（さとなか・にんたろう）
益原楓（えきはら・かえで）
殺風景（ころかぜ・けい）
児玉融吉（こだま・ゆうきち）

「ふむ」

二々村警部が書き終えたのを見てとって、今日子さんは腕を引き寄せて裏返し、一字一句《いちじいっく》を確認するようにする。

「登場人物紹介表ですね。推理小説には付き物です」

「はあ」

二々村警部的には、関係者リストなのだが。

まあ似たようなものか。

それに、二々村警部は『推理小説』について訊きたくて、今日子さんを呼んだのである――なにせ、事件の被害者は、推理小説研究会のメンバーの中にいるのだから。

「被害者は千良拍三くん――さんです」

なんとなく『くん付け』で呼びそうになったが、考えてみれば学生とはいえ、千良拍三は成人しているし、自分と、そう年齢が離れているわけでもないと思い直した。

「サークルの部長だったそうです。この旅行も、彼が主導しておこなっていたらしいのですが、合宿二日目の零時過ぎ頃、何者かに頭部を強く殴られ、昏倒《こんとう》しました——凶器はグランドピアノです」

「は？」

また訊き返された。

いや、これは忘却探偵の流儀でなくとも訊き返すところだろう——これを聞き流せたらどうかしている、報道にも大きく出ている周知の事実なのだが、一日ごとに記憶がリセットされる忘却探偵にとっては、初耳のニュースなのだ。

「凶器はグランドピアノです」

二々村警部は繰り返した。はっきりと発音した。

「グランドピアノで頭をがつんと殴りつけたあと、倒れた千良さんの身体《からだ》を、その下敷きにして押し潰しました——現場は異様な状況でしたよ」

あまり私見を織り込むのもまずいと思いつつも、二々村警部はつい、個人的な感想を述《の》べてしまった。ただ、それは捜査関係者の、共通見解でもある——人間がグランドピアノの下敷きになる状況なんて、想像を絶する。

「推察するに、超人ハルクみたいな力持ちがグランドピアノを持ち上げて、千良さんの頭を殴りつけ、更に倒れたところに叩きつけたんですかねえ」

今日子さんは独り言《ひとごと》のようにそう言ったけれど、まさか真面目《まじめ》に言っているわけではあるまい——とは言え、そう考えるしかないような、風変わりな凶器である。

普通、グランドピアノを凶器には使わない。

持ち上げようとも思わないだろう。

どんな手段を用いたにしても、凶器としてあまりに非常識だ。

「ちなみに、そのグランドピアノはどのくらいの重さでしたか？」

「約三百キロですね」

「……合宿所には、ウエイトリフティング部の皆さんも宿泊されていたのですか？」

どこまで本気かわからない今日子さんの質問に、二々村警部は「いいえ、当日宿泊していたのは、推理小説研究会と、軽音楽部の、ふたつのサークルだけです」と答えた。

「鳥川荘は、主として音楽関係者が宿泊することの多い施設だったようで、スタジオが併設され、楽器の貸し出しなどもおこなわれていたようです——凶器となったグランドピアノも、備え付けのものだったそうで」

「ふむ。となると、別の疑問も出てきますね。軽音楽部はともかく、推理小説研究会の皆さんは、どうして鳥川荘に宿泊していたのですか？」

「別に音楽を趣味としていなければ宿泊できないという宿でもありませんからね……、私も、メンバーに同じ疑問をぶつけてみましたが『自分達の活動はどこでもできるから、場所はどこでもよかった』と言っていました」

じゃあそもそもなんで合宿をおこなったんだという質問は野暮だろう。彼らは大学生なのだ。泊まりがけの旅行に出かけるのは、義務みたいなものである——それが悲劇を招いた形だが。

「ひと昔前の推理小説では定番でしたけれどね。ミステリーサークルが合宿に出かけて、悲劇に見舞われるというのは」

ある時期から記憶が更新されていないという今日子さんが『ひと昔』というのだから、それはふた昔以上前のムーブメントなのだろう——素養《そよう》のない二々村警部にしてみれば、そもそもそんなサークルがあること自体、知らなかったのだが。『活動はどこでもできる』と言うが、どういう活動をしている団体なのか、どれだけ話を聞いても、まったく全容をつかめない。研究会？　なにを研究しているのだ？　縁がなかったという意味では同じだが、まだしも演奏に精を出す、軽音楽部のほうが理解しやすかった。

「しかし、その軽音楽部の皆さんにしてみれば、『音楽の合宿所』に、楽器も弾《ひ》けない連中が何の用だというような気持ちになったかもしれませんねえ」

四方山話《よもやまばなし》のような口調で言われたので、普通に「でしょうね」なんて頷いてしまったけれど、これは軽率だった——今日子さんはたぶん、事件を動機面から探ろうとしたのだろうから。

口が滑《すべ》った。

取調室で口を滑らすなど、どんな警部だ。

なので、

「双方のサークルの間に、険悪なムードが漂っていたのは確かなようです——それが事件の背景になっているとまでは、まだ言えませんが」

と、改めて答えた。

「凶器が鍵盤《けんばん》楽器だったからと言って、軽音楽部が怪しいとも言えません。軽音楽部だからこそ、楽器を凶器には選ばないという言いかたもできますから」

「まあ、ピアノを凶器に使った理由は、その方法を考えれば明白ですよね」

それも重々しさに欠ける、軽口のようなトーンで言われたので、またも「でしょうね」と言ってしまいそうになった二々村警部だったが——何？　使った理由と、その方法が、明白？

何の？

「いえ、ですから、凶器がグランドピアノだった理由と、その方法です——厳密に言えば、理由は二通り考えられますが、三通りはないでしょう。ただし——」

と、今日子さんは澄ました顔で言う。言ってのける——あの奇妙な現場を、奇妙たらしめていた凶器のことを、あっさりとさておく。

「——このたび私がお招きに与《あずか》ったのは、不可解な犯行手段を解明するためではありませんでしたよね。お電話ではそのようにうかがいました——『あるトリック』についての、解説をして欲しいというのが、主たる理由だったと記憶しておりますが」

忘却探偵が記憶について語るのもなかなか違和感があったが、リセットされるまで、つまり一日以内の記憶力は、彼女は常人を遥かにしのぐらしい――だとすれば、『登場人物紹介表』は、なくてもよかったかもしれない。

そんなことを考えながら、

「はい。叙述トリックです」

と、二々村警部は本題に入る――推理小説に触れてこなかった彼にとっての本題であり、一番の難題だ。

「今日子さん。叙述トリックというのは、どういうトリックなのですか？」

3

被害者である千良拍三は、グランドピアノに押し潰された状態で――そして、自身の携帯電話を握りしめた状態で発見された。

「こちらが、その携帯電話です」

と、二々村警部は問題のスマートフォンを、机の上に置いた。今日子さんは、それを手に取りはしない――指紋は既に採取済みだが、軽々に素手で証拠品に触れないあたり、プロの探偵らしい。

もちろん二々村警部も、つけたままでもタッチパネルの使用が可能な手袋を着用済みである――スマートフォンも充電し直している。

くる。

「画面は、発見時と同じですか？」

今日子さんはまじまじと、机の上のスマートフォンに顔を近づけて見ながら、そう訊いてくる。

「はい、そうです。その状態で握りしめていました」

画面には、ある本の表紙が表示されていた。

『ＸＹＺの悲劇　岸沢定国《きしざわさだくに》』

壁紙ではない。

電子書籍の閲覧アプリが起動されているのだ――指でスライドすれば、次は目次が表示されるはずである。

「なるほど。電子書籍ですか。私が知らないうちに、すっかり普及したようですね――正しくは、私が忘れているうちに、ですが」

物珍しそうに言う今日子さん。

ひょっとしたら電子書籍のみならず、スマートフォンそのものが、彼女にとっては『目新しい』のかもしれない。

ただし、彼女は、二々村警部と違って、『ＸＹＺの悲劇』という本そのものは知っていた。

「バブルの頃に発表された岸沢定国の代表作ですよ。タイトルはいかにもエラリー・クイーンのパロディっぽいですけれど、中身は結構重厚でして、上下巻、併せて千ページを超えていました。持ち歩くのも大変でしたよ」

それが今だと携帯電話の中に収納できるのですから、いい時代になりましたねえ、と今日子さんは言う。

「ちなみに、作者の岸沢先生と言えば、須永昼兵衛《すながひるべえ》と並び称される、推理小説界の巨人です。私の世代で読んでいない人はいません」

放っておくと、いつまでも講釈《こうしゃく》を続けてくれそうだ——いや、もちろん、その講釈を聞くためにおでまし願ったのだが、しかし、その辺りのくだりについては、推理小説研究会の面々から、もう聞いている。おなかいっぱいになるくらい聞いている。

「そうですか。心強い限りですね。あの名作が、今も読み継がれているとは。しかも、電子化されて読み継がれているとは。何よりです」

今日子さんは嬉しそうだが、『「あの名作」を読んでいないどころか、タイトルさえ知らないなんて信じられない』と、被害者の仲間から叫弾されるように言われた二々村警部としては、複雑である——『私の世代で読んでいない人はいません』なんて言われても、どう考えても絶対に読んでいない人のほうが多いと思うのだが。

エラリー・クイーン？

クイーンと言うからには女流作家なのだろうとは思うが、そのくらいしかわからない——須永昼兵衛という作家名は、この間ニュースで見たけれど、それだって、どんな本を書いているのかまでは窺い知れない。

まあ、サークルの面々も、二々村警部の無知を本気で責め立てていたわけでもあるまい

——仲間が悲劇に見舞われた気持ちを、そんな形で発散するしかなかったに違いない。

ともかく、と二々村警部は、話を進める。

「彼らが言うには、『XYZの悲劇』は、叙述トリックの名作だそうです。被害者はその書籍を、携帯電話の画面に表示させた状態で、握りしめていた——なので、これはいわゆる、だ。だ。だい」

「ダイイングメッセージ、ですね」

二々村警部が言いよどんでいると、今日子さんが先回りして言った。

「死者からの伝言。偉大なるエラリー・クイーンが考案したとされる、ミステリーのテーマのひとつです」

エラリー・クイーンは偉大なのか。

女王の名に恥じないようだ。

その、ダイイングメッセージがいかなるものなのかについては、やはり推理小説研究会のメンバーが教えてくれた。

「被害者が死に際に遺《のこ》す、犯人の手がかり……、『誰それに殺された』と直接書き残すと、気付いた犯人に消されてしまうかもしれないから、暗号めいた内容になるとか、なんとか……ですよね？」

「はい。おおむねその理解でよろしいかと」

そう。

そちらはわかったのだ——わかりやすかった。被害者が犯人に恨み言を書き残すというのは、まあ、実際にあるかどうかはともかく（少なくとも二々村警部は、これまでそんな事案に遭遇《そうぐう》したことはない）、あってもそこまで不思議ではない、心理状況である——死に際ではうまく頭が働かず、謎めいた文章になるというのも、同じく。

ただ、叙述トリックとはなんだ。

叙述？

「サークルのメンバーが言うには、被害者の千良さんは作家、岸沢定国の大ファンで、全著作を完全に暗記しているとさえうそぶいていたそうです。中でも『XYZの悲劇』は、彼にとっては叙述トリックの代名詞でもあったそうで——だから、それを握りしめていたということは、グランドピアノで殴り、押し潰すという犯行には、なんらかの叙述トリックが関わっているんじゃないかと」

「サークルのメンバーがそう言っているのですか？」

「あ——いえ、そこまでは」

その辺りは、二々村警部が勝手にそう思っただけだ。だから叙述トリックについての講釈を受けようと、噂の『名探偵』に連絡を取ったのである——ただ、どうやらそれは勇み足だったようだ。

叙述トリックとは、二々村警部が考えていたような、たとえばグランドピアノを持ち上げうるようなトリックではないらしい。

特異であり、特有のトリック。

犯人が被害者や捜査機関に対して行使するトリックではなく、作者が読者に行使するトリック。

推理小説でしか使われない、あるいは、すべての推理小説で使われているトリック——今日子さんはそんな風に語ったが、それでもまだ、二々村警部にはぴんと来なかった。

「……ただ、今日子さんにはもう、グランドピアノが凶器に使われた理由は、わかっているんですよね？」

「先にわかったのは方法です。方法がわかれば、理由も察しがつきます」

「それには叙述トリックは関わってこない？」

しつこくも自説に固執《こしつ》してみたが、「はい、関わってきません」と笑顔で断言された——ううむ、と思う。

こちらは勇み足で依頼してしまったが、探偵からすれば、無駄足になってしまった形である。なんとお詫《わ》びしていいかわからない。

どうも初歩的な勘違いらしいので、同僚に質問したり、それこそサークルのメンバーのプレゼンをもっとしっかり聞いていればわかっていたことなのだろうが——ただ、それでも、怪我の功名と言うのか、奇妙な事件の真相は、判明してしまったようだが。

「真相とまでは言えませんね。トリックの追及が、犯人の特定に繋がるケースもあるのですが、今回はそうではないようです——グランドピアノで被害者を害することは、誰にでもできる犯行でした」

「だ、誰にでもですか？」

「はい。ウエイトリフティング部でなくとも、その気になれば、私でもできます」

飄々《ひょうひょう》と、そんなことを言う。

今日子さんでも？

十人分の名前を書くのがやっとというような、そんな細腕で、三百キロのグランドピアノを？

「もちろん二々村警部にも、可能ですよ」

「は、はあ……」

そりゃあ、今日子さんにできるなら、二々村警部にできないということはないだろうけれど——ただ、たとえできるとしても、やるかどうかは別問題だ。どんな理由があれば、人はピアノで、人を殴ろうなんて思うのだろう？

「ふむ。では、そんなもったいぶるほど大したトリックでもありませんし、先にそちらの謎解きのほうを、終わらせてしまいましょうかね？」

「え？」

ダイナミックとしか言いようのない現場に下された『大したトリックではない』という今日子さんの評価にも驚いたし、『先に』という段取りにも驚いた——では、『後で』、何の謎解きをしてくれるつもりなのだ？

ダイイングメッセージ？

犯人当て？

それとも――叙述トリック？

「ご安心ください。置手紙探偵事務所は、全部コミコミでやらせていただいておりますから――パック料金については、最後にお話しさせてくださいね」

さりげなく追加料金について匂わせてから、忘却探偵は、「では」と、切り出す。

4

「常識的に考えて、ピアノで、しかもグランドピアノで人を、しかも人の頭を殴るなんてことは、不可能です――三百キロもの重量と、抱えきれないようなサイズの物体を、成人男性の頭部の高さまで持ち上げるなんて、ウエイトリフティング部でなければなしえません」

なぜか今日子さんは、ウエイトリフティング部に対する信頼が厚いようだったが（筋肉が好きなのだろうか？）、実際には、ウエイトリフティング部にだって無理だろう――バーベルと違って、グランドピアノは人間がひとりで持ち上げられるような形状にはなっていない。

頭の高さまで持ち上げるとなると、たとえ、被害者以外の全員が結託《けったく》しての九人がかりでも無理だろう。

「ですから、傷口や、頭蓋骨《ずがいこつ》の陥没《かんぼつ》状態から、グランドピアノが凶器であると確信できたとしても、それが持ち上げられたとは、普通は考えません――被害者の頭のほうをつかんで、床に静止しているグランドピアノの縁にでも、思い切りぶつけたのだと解釈するでしょう。なのに、発見者や、現場捜査官がそう考えなかったのはなぜなのか——それは被害者の発見時の状態に、起因するものだと思われます」

「発見時の状態……、と言いますと？」

「つまり、グランドピアノの下敷きとなり、押し潰された状態——ですよ。方法はともかく、犯人はグランドピアノを、実際に動かしている——のみならず、横たわる被害者の身体に叩きつけている。そんな奇妙な現場状況を目撃してしまえば、『犯人はグランドピアノを持ち上げられる怪力の持ち主である』と、印象づけられる——かもしれませんね」

くすりと笑って、今日子さんは「失礼」と言った——不謹慎だと思ったのかもしれない。

確かに、さすがに『怪力の持ち主』だとまでは思わないだろうが、しかし、何らかの方法を用《もち》いてグランドピアノを持ち上げうる方法を有する人物——なのだとは思うだろう。

だから。

頭を殴ったのも、同じようにグランドピアノを抱え上げての行動だと推論を立てることになる——だが、その現場を、誰かが目撃したわけではないのだ（目撃していたら、その時点で犯人が特定できている）。

「つまり、頭部の傷は、ピアノをぶつけられてついたものではなく、ピアノにぶつけられてついたものだと仰るのですか？」

「だって、他には考えられないでしょう」

そこまできっぱりと言われてしまうと、確かに、他には考えられない——当然過ぎて恥ずかしくなる。

「『頭部の傷』と『下敷き』を、別々に解釈するべきなのですよ。そうすれば、超人ハルクに殺人者の汚名《おめい》を着せなくても済むでしょう?」

別に超人ハルクを疑ってはいなかったけれど。

それに。

「それだって、昏倒した被害者を、グランドピアノの『下敷き』にするためには、結局、持ち上げなくてはならないのではありませんか?」

その場合もまた、九人がかりでも不可能だ。

被害者は床に倒れていると言ったって、彼を押し潰すためには、ピアノをひっくり返さねばならないのだ——なにせ、グランドピアノである。

下半分はすかすかなのだ。

上下逆さまにして、ピアノの蓋《ふた》と言うか、屋根の側で押し潰さねばならない——別にならないわけではないのだが。

それとも、押し潰す必要があったのだろうか?

理由……。

「犯人にとっての、必要と理由はありました。ただし、そのためには、グランドピアノを持ち上げるまでもありません——なにせ凶器は、楽器ですからね」

と、今日子さん。

「分解できるんです」

「あっ……」

「限界まで分解して、今度はそれを上下逆さまに、被害者の身体の上で組み立てればいいんです――これなら、ひとりでも、持ち上げなくても、被害者をグランドピアノの『下敷き』にすることはできますよね」

「……………」

できる。いや、できるか？

推理小説に対するよりはマシとは言え、音楽にも詳しいとは言えない二々村だから、ピアノを分解するという発想からしてなかったけれど、まあ、そりゃあ、まさか巨大な木の幹をくり抜いて、あの形を削り出したというわけではないだろう――鍵盤だって弦《げん》だって、別個の部品だ。

プラモデルみたいに、バラバラにしたり、再度組み立てたりというのは、理屈では可能だろう――ただ、プラモデルと違って、グランドピアノは、決してプラスチックでできているわけではない。

ドライバーでバラバラにするにも限度があるだろうし――たとえば屋根などは、やっぱりひとりで持ち上げるには、まだ重いのではないだろうか？　それに、逆さに組み上げるというだけでも手順が狂って難しそうなのに、ましてその作業を、『下敷き』としては凹凸《おうとつ》の激しい、人間の身体の上でおこなうなんて……。

「嫌ですねえ。ドライバーだけじゃなく、ニッパーも使っちゃえばいいんですよ」

「ニ、ニッパー？」

「まあ、もちろんニッパーというのはプラモデルになぞらえた比喩《ひゆ》ですが。バールやら金槌《かなづち》やらでしょうかね。別に、ちゃんと元通りに組み立て直さなくってもいいんです――なにせ、そのグランドピアノは、『横臥《おうが》する被害者の身体の上に叩きつけられた』んですから。割れたり壊れたりしてていいんです――屋根は割れてていいし、枠も壊れてていいんです。直しにくい場所は、バラバラのままにしておけばいい――そのほうが、リアリティが出るでしょう。巨大で巨重のピアノを持ち上げたという、荒唐無稽《こうとうむけい》なリアリティが」

グランドピアノが据《す》え置かれている部屋が事件現場であるなら、当然防音でしょうし、時間をかけて気兼ねなく作業できるでしょうしね。

今日子さんにそう言われ、二々村警部は「ううむ」と唸る――現場写真も見ずにそこまで推理を進められては立つ瀬がないというのが率直な感想だったが、しかし、確かに事件が起きたのは密閉されたスタジオだったし、そして被害者を押し潰すピアノは、決して原形を保ってはいなかった。

千里眼か、この人。

それともこれが『名探偵』なのか。

ただ、それでもその語りに、まったく疑問の余地なく納得できたかと言われれば、そうでもない——実際にそんな作業がおこなわれたかどうかは、検証すればすぐにはっきりするだろうが、肝心なのは、どうして犯人は、そんな、想像を絶するような重労働をしたのかだ。

その点を納得させてもらえないと、『日本国民全員から一円ずつもらえば、一億円儲かりますよ』と言われているのと大して変わらない、机上《きじょう》の空論である。

「探偵の推理は、基本的に机上の推論ですがね」

と、今日子さんは、それこそテーブルの上に置かれたままの、被害者のスマートフォンに一瞬目を落としてから、

「台上です——ではなく、大丈夫です。私は理由もわかっていると申し上げました。覚えている限り、私は嘘をついたことが一度もありません」

それは今日はまだ嘘をついていないという意味にしか受け取れなかったが、確かに彼女は、方法がわかれば理由もわかると言っていた——理由はふたつ、考えられると。

「シンプルな推理小説のセオリーです。不可能犯罪をおこなう理由は、不可能だと思わせるためというセオリー——偶然や失敗が折り重なって、たまたま不可能犯罪が成立したというケースも多々ありますが、そういうのはミステリーとして美しくありません」

それは個人的な好みなのでは……。

ただし、反論せず、二々村警部は黙して、名探偵の高説を傾聴《けいちょう》する。

「つまり、この場合、犯行現場に、『グランドピアノを持ち上げられる人間』が容疑者として類推されるような工作をすることで、容疑圏外に逃れようとした、腕力のない犯人像が想

定されますね。たとえば私のなまっちろい細腕では、グランドピアノはおろか、電子ピアノでさえ持ち上げられませんから、誰も私を犯人だとは思わないでしょう？」

「なるほど……、つまり、犯人はどちらかのサークルに属する女性メンバー……」

言い掛けて、「ちょっと待て」と思い直す。

グランドピアノを持ち上げるなど、屈強《くっきょう》な成人男性でも無理だという前提だったじゃないか――自分だけじゃなく、全員が容疑圏外に出てしまう。

それはそれで効果がないわけでもないし、仲間も一緒に容疑圏外に出そうとしたのであれば感心さえするけれど……。

「まあ、自分が容疑者にならないことばかりに気が行って、そこまで頭が回らなかったんでしょうね。たまたまウエイトリフティング部が宿泊していなかったから、全員、容疑者から外れて、不可能状況ができあがってしまったんです」

身も蓋もなく、今日子さん。

「……そ、それはまさしく、先ほど仰っていた、偶然や失敗で、不可能犯罪になってしまったというケースなのでは？」

「これは推理小説じゃなくて、現実ですからねえ」

苦笑いと共に、今日子さんはくるりと手のひらを返した――実際にその動作をした。

「ちなみに、想定される理由のもうひとつというのは、『犯人は女性メンバー、ないしは非力な男性メンバー』であると、思わせ、よ、う、と、し、た――というものです」

「そうすることで、自分が容疑圏外に出ようとした——というわけですか」

要するに、そんな工作をおこなう以上は、犯人は腕力のない人間であると、推理を誘導しようとした——その場合は、トリックが露見することはあらかじめ織り込み済みだったということになるのだろうが、やはり同じ問題は残る。

グランドピアノを持ち上げることなど、誰にもできないのだから。

「どちらにしても、犯人の狙いは当たらなかったんですね——意味がなかったとは言わないまでも、想定していた通りにはならなかった」

「先刻、三通りはないと断言しましたけれど、徹底して追及するなら、もうひとつ、パターンはあります」

言って、今日子さんは指を一本立てる。

ハンドジェスチャーが多い人だ。

海外で生活していた時期でもあるのだろうか？　あったとしても、それも忘れているのか。

「みっつ目の理由……、それは、どういうパターンですか？」

「『思いついたからやっちゃった』というパターンです。パターン外れと言いますか、理由なしという理由ですね」

理由なし。パターン外れ。

それはなんだか、『むしゃくしゃしたからやった』に近いニュアンスだが——つまり、『グランドピアノを凶器に使うというトリックを思いついたから、損得抜きでやってみた』ということか?

「その通りです。ただ、これは推理小説においては、最後の動機だと思ってください」

「え……、でも、現実には結構ありますよね。動機なき殺人とか、目的のはっきりしない犯行とか……」

「現実はそれでいいですし、私は心の闇を否定する者ではありませんが、しかし、『なんでこんな手の込んだ、一風変わった殺しかたをしたのか』という面は、推理小説の肝《きも》ですから、『思いついたからやっちゃった』というのは、作家の怠慢《たいまん》との誹《そし》りを免《まぬか》れませんね」

マニアの目が厳し過ぎる。

二々村警部がちょっと引いたのを察したらしく、「最新の行動経済学に基《もと》づけば、人は必ずしも合理的な行動ばかりを取るわけではありませんが」などと、今日子さんは巧《たく》みに話を変えた。

最新のというのは、ふた昔前か、それとも今朝仕入れた知識か、どちらの意味だろう。

「いずれにしても、いずれかの理由で、犯人はグランドピアノを犯行に利用したのだと思われます——あるいは私が考えたのと、違う方法でおこなったのかもしれませんが、だとしても、大差《たいさ》ありません。重要なのはこれが不可能犯罪ではなく、可能犯罪だという点なのですから」

「それはまあ、そうなりますね……、方法がひとつでもあるのなら、どうにかはできたってことなんでしょうし……」

「なので、犯行方法から犯人を特定するのはすっぱり諦《あきら》めまして、続きましてダイイングメッセージの検証に入りましょうか」

叙述トリック——ですね。

今日子さんはそこで憂《うれ》うような顔をした。

グランドピアノのトリックなんかより、そちらの講釈のほうがよっぽど難題だという風に。

5

「二々村警部。図々しいお願いですが、その手袋を、拝借してもよろしいでしょうか？」

「え？　構いませんが……、どうしてですか？」

「とりあえずは二々村警部のご要望通り、叙述トリックとは何かを、説明してさしあげようと思うのですが、その間に同時並行で、そのスマートフォンで、『ＸＹＺの悲劇』を読ませていただこうかと思いまして」

実は未読なのです、と、今日子さんは言った。

実は未読だったのか。

じゃあこの人はさっき、読んでもいない本について、ああも滔々《とうとう》と語っていたのか……、読書人にはありがちなことだし、まあ、忘却探偵の場合は、読んでいても、それを忘れているというケースも考えられる。

なので、手袋を貸しても、被害者のスマートフォンで、該当の書籍を読んでもらっても、もちろんぜんぜん構わないのだが、しかしながら、いくら推理小説への見識が浅い二々村警部でも、『ながらスマホ』状態で謎解きをする『名探偵』が、前代未聞であることは想像できる。

そもそも、忘却探偵は、今朝の時点では知らなかった（忘れていた）と思われる最新型のスマートフォンを使いこなせるのだろうか、できたとしても、それと同時に、叙述トリックについて、門外漢の二々村警部にも無理なくわかるように説明してもらえるのだろうか――推理小説研究会からの聴取時がまさしくそうだったが、何かのマニアは、マニアでない者にとても厳しい。

別の言語で喋られているのかと思った。

担当警部として、不甲斐ない限りだ。

「おおー。現代の電子書籍、いいですねえ。ページがすらすらめくれるじゃないですか。明るくて読みやすいですし。今時の若者は、他にはどういうタイトルを所蔵しているんでしょうね」

「あの、今日子さん。せめて『ＸＹＺの悲劇』に集中していただけませんか？」

適応力が極めて高いようで、どうやらスマートフォンの操作に支障はないらしいのは、結構なことだが。

「それに、叙述トリックの詳細な説明も、お願いします――そのトリックで、ピアノを持ち上げたわけではないというのは、どうにかわかりましたが、じゃあ、叙述トリックって、何なんです？」

「ですから、作家が読者に仕掛けるトリックですよ――メタ的な仕掛けと言いますか」

「メタ？　メタとはどういう意味です？」

「わからないところはわからないことを言ってるんだと思って、無視してください。それもひと昔前のブームです。社会派だったり、本格系だったり、推理小説にはいろんな時代があったんですよ」

しみじみと、ひと昔（たぶんふた昔）前のことを、懐かしむように言う今日子さん。

よくわからないが、『社会』とか『本格』とか『派』とか『系』とか、推理小説はエンターテインメント小説の一種だとばかり思っていたが、結構政治的な世界らしい。

「あんまり話が広がってしまってもなんなので、叙述トリックに関してだけ説明しますね。叙述トリックを一言で定義すると、『文章であるがゆえに成立するトリック』です」

「『文章であるがゆえに成立するトリック』……、だから、推理小説に特有のトリックというわけですか」

「はい。ドラマでも漫画でもゲームでも不可能です」

不可能は言い過ぎなんじゃないかとも思ったが、そこは『わからない』と思って、無視しておく――続きを聞こう。

「これはもちろん、推理小説は、他の表現よりもミステリーとして勝っているということではありません。むしろ逆でして、媒体が原始的な表現であるからこそできる、古典芸能です。

繰り返しになりますが、推理小説である以上、多かれ少なかれ、叙述トリックには必ず頼らなければならないということでもあります」

「はあ……、必ず、ですか」

それも言い過ぎじゃないだろうか？

穏やかな口調ではあるが、この人、言うことはかなり断定的である。

独断的とさえ言える。

「だって、作家は読者に、犯人やトリックを、伝わらないように書くでしょう？　本来、文章とは作者の意図《いと》を、わかりやすく伝えるための手段であるにもかかわらず」

「伝わらないように——」

ミステリーの構造上、当たり前のことじゃないかと思うが、しかし、当たり前になるくらい、徹底されたことなのだと受け取るべきか。

「そうです。それどころか、誤読を誘う文章さえあります」

「誤読を誘う文章——それはつまり、嘘が書いてあるということですか？」

「いえ、地の文に嘘が書かれていてはならないというのは、ミステリーの不文律なのです。ですから、嘘をつかずに騙《だま》すという手法が採用されます」

嘘をつかずに騙す。

それは詐欺師《さぎし》のやることなのでは……。

「ええ。『嘘はついていない』というのが、推理作家の常套句です。では、ここからは実例を交えて、説明していきましょう――たとえば、今回の事件ですが、劫罰島の鳥川荘でおこったと仰《まじ》ってましたよね？」

「？　はい。そうですが」

騙しにかかられているのかと、構えてしまう二々村警部だった――もっとも、今日子さんは名探偵であって、詐欺師でも推理作家でもないのだが。

「そこが本土から隔絶した島にある合宿所だから、容疑者がふたつのサークル内に限定されているように思いますが、しかし、『劫罰島』というのが、島ではなく、ただの地名だったら如何《いかが》でしょう？」

「え？」

「ほら。広島って、別に島じゃないでしょう？　同じように、劫罰島だからって、必ずしも島であるとは限らないじゃないですか――読者には、そこが島であるかのように思わせておいて、最後に内陸地であったことが明かされる」

叙述トリックのその①『場所の誤読』です――と、今日子さんは言った。

二々村警部は、再び唸る。

ただし今度は、感嘆して唸ったわけではなく、むしろ、『そんなのでいいのか』と、あっけなさに、いわば簡単過ぎて唸ったのだ。

それが表情には出ないように努めたつもりだったが、「拍子抜けしたでしょう？」と、今日子さんは言った。

「でも、推理小説のトリックは、聞いてみれば『なあんだ』と思うようなものばかりですよ。ロケもお芝居も見開きもＣＧも壮大な音楽もなしで、戦わなくっちゃならないんですから——でも、想像してみてください。今まで無人島が舞台だと思い込んで読んできた小説が、実はそうじゃなかったと、読了間際に教えられたときの気持ちを」

「…………」

言われた通りにしてみて——とんでもない発見をしたときのような気持ちになりそうだ、と、かろうじてだが、二々村警部は思った。どうして今まで気付かなかったんだ、という気持ちにもなるだろう。

それは、たぶん、謎を解いて真相を知ってすっきりするという推理小説の一般的な感想とは違う、むしろ真逆の、カタルシスとは違う感覚を味わうことになるのではないだろうか。

「ね。テレポートしたような気持ちになるでしょう？」

今日子さんの感想はもうちょっと夢見がちだった。

テレポートって。

「単純な場所の誤認のみならず、シチュエーションの誤認という使いかたも可能です。物語の舞台が、実は戦地だった。実は拳銃の所持が合法の国だった。それを知った瞬間、世界がひっくり返りますよね」

「世界がひっくり返る——」

確かに……それは、確かに小説ならではの体験——読書体験かもしれない。

ただし。

「おわかりかとは思いますが、劫罰島は、普通に島ですからね？」

「はい。だと思います」

今日子さんは頷き、何食わぬ顔で、「続いて叙述トリックのその②『時間の誤読』」と続ける。

「犯行時刻は合宿二日目の零時過ぎと仰ってましたけれど、しかし、これが午前の零時なのか、午後の零時なのかは、二々村警部は明示していませんでしたよね。しかし、『大がかりな犯行は普通、夜におこなわれるもの』という先入観に基づいて読むと、午前の零時過ぎだと決めつけて読んでしまう——結果として、読者は登場人物のアリバイの有無を、誤読してしまうわけです」

「……確かに言わなかったかもしれませんが、それは言うまでもないと思って言ってなかっただけで、千良さんの死亡推定時刻は、午前の零時過ぎですよ？」

「はい。だと思います」

ですから叙述トリックは、登場人物には認識できない、読者にのみ向けられたトリックなんですってば——と、忘却探偵は説明する。

「この場合は十二時間表記と二十四時間表記のブレを利用して、わずか半日だけ、時間をズラした叙述トリックですけれど、もっと大胆に、現代劇だと思わせておいて実は時代劇だったとか、実は未来のＳＦ世界だったとか、そんな叙述トリックも、やりようによっては成立します」

「そ、それは何の意味があるんですか？」

「読者がたまげますね」

それ以上のどんな意味が必要なのだと言わんばかりの堂々とした言い切りだった――いや、それは、『思いついたからやっちゃった』と、何が違うのだ。

現実はそれでいいのだったか。

でもそれは推理小説の話では？

「描写しなければ、町の風景がどうなっているのかなんて、読者にはわかりませんからね――時間の叙述トリックは、時系列通りにお話が進んでいるように見せかけて、実はところどころ過去のエピソードを交えていたとか、順不同だったとか、そういう使いかたもされます。それが明らかにされたとき、読者は、今まで読んできた小説がまったく別の小説のように思えるというサプライズに遭遇することになるでしょう」

「なるほど――でも、それはあくまでも読者がであって、登場人物は」

「気付かない、警察どころか、犯人も」

なぜか五・七・五調で答えられた。

いや、答えられたというか、ふざけられた。

「ばんばん行きますよ。ここからは、この登場人物紹介表を参考に、解説していきましょうか」

と、今日子さんは右腕前腕部をこちらに向けた——手はずっとスマートフォンを操作している。どころか、ものすごい速度で『XYZの悲劇』を読んでいる——最速の探偵は、推理のみならず、読書のペースも最速なのだろうか。

千ページを超える大作だと言っていたが、この分だと、あっという間に読み終えてしまうかもしれない。

「叙述トリックその③『生死の誤読』」

「生死……？　いや、生きている人間と死んでいる人間を、間違ったりはしないでしょう？」

「そうでしょうか？　二々村警部は、事件の被害者である千良さんのことを、一貫して『被害者』としか表現していません——グランドピアノで殴打され、下敷きにされたとしか言っていません。では、ひょっとしたら生きているかも？」

「……死んでますけれど」

彼のことをこれまで、どんな風に語っていたかを正確に覚えてはいないが（忘却探偵が覚えていることを思うと、恥ずかしいことだが）、しかし、ピアノに押し潰されたのだ——生きているわけがないじゃないか。

「だけれど、さも死んだかのように語れば、その後彼は、『透明人間』として、物語を暗躍《あんやく》できますからね。逆に、生きていると見せかけて、とっくの昔に死んでいたなんて書きかたも可能です」

「そりゃあ文章でならなんとでも——」

「はい。なんとでも書けます」

「……………」

「なんとでも」

段々わかってきた。

ただ、なんとなくわかりたくないという、どこから来るのか不明な拒絶感もある。

「わざと紛《まぎ》らわしい言いかたをして、場所や時間を誤読させるというくらいならまだしも……、死んでいる人物を生きているように描写したり、生きている人物を死んでいるように描写したり、いくら作り事でも、悪ふざけが過ぎるという気もしますが……」

「ええ。そんなこと、していいはずがないと思いますよね。だからするんです」

しとやかな顔で、とんでもないことを言う。

「推理小説家は。誰が見ても明白な死体であっても、生き生きと描くのが、作家の腕ですね」

「腕……ですか」

「お次は叙述トリックその④『男女の誤読』。男性の登場人物を女性のように書く、または女性の登場人物を男性のように書く」

今やいぶかしむような表情を隠せない二々村警部を気にもとめず、今日子さんは話を進めた——ただ、この『その④』に関しては、まだ門外漢にもわかりやすかった。

「つまり、『男装の麗人《れいじん》』や、『男の娘《こ》』のようなものですね？」

「『男の娘』……？」

ここでは逆に今日子さんのほうが、不可解そうな顔をした――そうか、忘却探偵は最近できた言葉は知らないのか。

あるいは、『この警部、なんでミステリー用語は知らないのに、「男の娘」は知っているんだ』と思わせてしまったのかもしれない。

しかしそこはプロである、すぐに切り替えて、「今回のケースでいえば、推理小説研究会の美女木直香さん。名字に『女』の文字が入っていて、名前が『なおか』ですから、いかにも女性という先入観をもって見てしまいますが、しかし、名字については言うに及ばず、『なおか』は、男性の名前としても、まったくないわけではありませんよね」

「……男子大生を女子大生のようにえがくことに、どんな意味があるんですか？」

「女子しか這入《はい》れない場所に這入れたり、逆に女子禁制の場所には這入れなかったり――他にもいろいろ。推理をする上での前提条件が揺らぎます」

「それは……、ただし、登場人物が女装しているというわけではなくて、あくまでも、読者がそう誤読するよう仕向けているだけなんですね？」

「はい。男装にせよ女装にせよ、実際に変装している場合は、厳密には叙述トリックとは言えません。登場人物から見れば、美女木さんは、普通に男子大学生として認識されているのです」

「女子大生ですけれどね？」

推理小説研究会の副部長であり、誰がどう見ても、女の子だった。

揺るぎない。

「叙述トリックその⑤『人物の誤読』。まあ、このまま書いてある順番で例示しましょうか——推理小説研究会の夥田芳野さん。このかたも、名前だけでは男性か女性か、わかりかねますが」

「男性です」

「あら、そうですか。まあ、たとえば合宿所内で、『ヨッシー』と呼ばれている人物がいるとします——当然、この『芳野』さんだと思って、読み進めますよね？」

「まあ……、他に『ヨッシー』はいませんからね？」

今日子さんの腕に書かれている名前を、一応全部確認して、二々村警部がそう相槌《あいづち》を打つと、今日子さんは「ところがどっこい」と言った——ところがどっこい？

「軽音楽部の児玉融吉さん。このかたが、下の名前の『融吉』の『吉』をとって、『ヨッシー』と呼ばれていたら、どうでしょう」

「ど、どうでしょうって……」

「それまで『夥田芳野』だと思って読んでいた『ヨッシー』は、実は別人だったわけです——人物評や人間関係、アリバイ確認を、すべて見直さなくてはなりませんね」

「はあ——でも、夥田芳野さんも児玉融吉さんも、たぶん『ヨッシー』とは呼ばれていなかったはずですよ」

そしてもちろん、関係者内で、ニックネームで誤認するなんてことはないはずだ——勘違いするのは、外部の人間だけだろう。

「はい。つまり、読者だけですね」

「………………」

「ちなみに、ニックネームではなく、そのもの本名で誤読させるパターンもあります。同姓、あるいは同名の人物を、あえて混同させて描くと言うように」

「同姓や同名の登場人物をひとつの小説の中に出したりしたら、ややこしいでしょう」

「ですから、ややこしくするために出すんですってば。家族だったら、同じ名字でも当然ですしね」

普通はそこを書きわけるのが腕なのだろうが、推理作家の場合は逆らしい。

人物を書き分けない。

「叙述トリックその⑥『年齢の誤読』。大人だと思わせておいて赤ちゃんだった、子供だと思わせておいて老人だった、老人だと思わせておいて子供だった――合宿所に宿泊していたのは、皆さん大学生ということでしたが、だったら全員二十歳前後だろうという先入観を読み手に与えておいて、実は大隅真実子さんは、定年退職したあと、改めて勉強したいと受験した、六十六歳の大学一年生なのかもしれませんよね。あるいは、飛び級で入学した、十歳の天才児なのかも」

日本ではまだ飛び級制度は普及していない――と反論しようとして、そうか、叙述トリックの下では、樫坂大学が日本の大学であるという保証もないわけだと思い直す。叙述トリッ違う違う。

クその①『場所の誤読』――漢字圏の、飛び級制度のある外国の大学なのかも――いやいや、

現実世界では樫坂大学は日本の大学だし、そして大隅真実子は一浪しただけの、十九歳の女子である。

老人でも子供でもない。

「でも、『実は子供だった』となれば、大人では潜《もぐ》り込めない細いダクトを通れますし、『実は老人だった』となれば、かつての真実を知っていますよね」

かつての真実って何だ。

たとえ話がざっくりしている。

ただ、『男女の誤読』ならば、変装やらで現実でも再現できる余地はあるが、『年齢の誤読』は、露骨《ろこつ》に小説ならではのトリックである――老人と子供を間違うなんて、文章でなければありえない。

見たらわかるのだから、見えない表現でなければ。

百聞は一見に如かずの逆で、一見を百聞で誤摩化している。

「そうですね。もしも私の姿を、『総白髪で眼鏡をかけた小柄な女性』と描写すれば、掟上今日子がお婆《ばあ》ちゃんだとの誤読を誘えます」

「そんな誤読を誘って、何のメリットがあるんですか？」

「お婆ちゃんの探偵役って、憧れるんですよねえ――それはともかく、叙述トリックその⑦」

「……あの、『その何』まであるんですか？」

「列挙しようと思えば無限に列挙できますが、叙述トリックを網羅《もうら》しても仕方ないので、時間も限られていますし、キリよくその⑭までにしておきましょうか」

「⑭ですか……」

思ったよりは多いが、恐れていたよりは少ない。

キリがいいとは思えないが。

「叙述トリックその⑦『人間の誤読』」

「『人間の誤読』……？　それは、さっきもう言いませんでしたっけ？」

「先ほど申し上げたのは、『人物の誤読』です。そちらは人物を間違わせるという手法で、『人間の誤読』は、人間と人間以外とを読み間違えさせる叙述トリックです」

「人間以外――つまり、動物だったり、ロボットだったりということですか？」

「はい。『実は動物だった』『実はロボットだった』というような叙述トリックです――もちろん逆パターンの、『実は人間だった』というのもあります」

そう言われても、すっとは飲み込めない。

飲み込めないお陰で、感じる違和感も少ないと言えるが。

「『吾輩は猫である』のようなものですか？　確かあの小説は、猫が語り部だったような……」

「もしも最初は自分が『猫』であることを隠していたなら、あんな見事な叙述トリックはないでしょうね——実際に猫が、ああも複雑なことを考えているわけがないという突っ込みを入れるのは野暮ですね」

そこもまた、小説ならでは——か。

猫の姿が見えてしまうと、大いに嘘っぽくなる。

「車や列車がお喋りするようなアニメは多いですけれど、あれを、文字だけで表現すれば、人間同士の会話だと思って読んじゃうかもしれませんよね？　フレームやフォルムについて、叙述しなければ」

「叙述しなければ——ですか。でも、車や列車がなんで喋るんだという突っ込みは、さすがに野暮ではないのでは？」

「ナビゲーションシステムが喋ります」

「ああ……、なるほど？」

「無口なキャラにしてしまうというのも、ひとつの手ですがね。その手を使っていいなら、人形やぬいぐるみを、人間のように語るという手もあります」

ぬいぐるみはともかくとして、人形について言うなら、文字通り、人の形をしている分、より紛らわしく描写できるのだろう。

紛らわしさを追求するというのも、変な話だが。

「インコや九官鳥を登場させて、人間の言葉を喋らせるというのも、アリなんですか？」

「アリですね」

冗談で言っただけなのだが、肯定されてしまった——無口になってしまう。

「推理小説研究会の石林済利さん。フルネームがあって、いかにも人間っぽいですけれど、実は、大隅さんが家から連れてきた、ペットの猫かもしれませんよね」

「……ペットにフルネームの名前をつけますか？」

「戸籍を取るわけじゃありませんから、どんな名前をつけても自由でしょう」

「…………」

なんだか法網《ほうもう》を突破された感が満々だが。

「猫なら、抜け道のダクトを通れます」

「さっきから都度都度《つどつど》言及されてますが、現場のスタジオにダクトはありませんよ？」

「二々村警部が先ほど提唱された通り、インコだったとするなら、空を飛んで現場に侵入できたという説もあります」

そんな説を提唱してはいない。

だから、冗談で言っただけなのだ。

「あるいは、大学で開発されたロボットで、ロボットであるがゆえに、ロボットアームでグランドピアノを持ち上げられることでしょう」

「そのくだりの推理は終わったはずでは……」

猫はともかく、ロボットは無理筋過ぎる。

いや、それとも叙述トリックで現代風に描かれているだけの、ＳＦ的未来世界なのだろうか。

　境界線がぼやけてきた。

「ロボットは大袈裟ですが、こういったデジタルデバイスにインストールされているソフトの中には、人間と会話できるものもあるのでしょう？　登場人物のひとり、石林済利さんは、実は、スマートフォンだった。いかがです？」

「石林さんは、人間です。動物でもロボットでもありません。直《じか》に会って話しています」

「ですよね」

　言いながら、人間ならぬスマートフォンの、液晶画面を次々読み進める今日子さん——ひょっとして、その⑭までという中途半端な区切りは、読み進めるペースに合わせての数字なのだろうか。

　キリがいいのは、読書ペースのほうなのか。

「叙述トリックその⑧『人格の誤読』」

「人格？　えっと、人間の誤読でも、人物の誤読でもなく——人格の誤読ですか」

「セットで語ったほうがわかりやすかったですかね？　ま、そこは五月雨《さみだれ》式ですので、ご寛恕《かんじょ》ください——ここからは軽音楽部のメンバーですね。雪井美和さん」

「はい。軽音楽部の部長です」

「そう思わせておいて、実は雪井美和さんは五重人格で、軽音楽部のメンバーは全員、彼女の別人格なのです」

なのです、と言われると、まるでそれが推理によって導かれた驚くべき真相のようだったが——は？

五重人格？

え？　人格の誤読って、そういう意味？

「はい。いかに医学界で否定されても、多重人格は推理小説界においては、あることになっているので……」

『あることになっている』と、『そこはそういう決まりだから』みたいに言われても、挨拶に困るが……。

医学界で否定されていたらないだろ。

医学界と推理小説界を並列で語られても受け入れられない。

「ちなみに多重人格というのはですね」

「いえ、そこがわからないわけではありません。多重人格には一家言《いっかげん》あるみたいに身を乗り出さないでください。えっと……、つまり、別人格の犯行だから、本人は把握していないとか、実在するように描かれていても実際は仮想人格だから、そんな人はいないとか……、そういうトリックですか？」

「はい。ともすれば、軽音楽部のメンバーのみならず、推理小説研究会のメンバーすらも、雪井さんの別人格との線もありえます」

「ありえません。全員、別個の人物で、別個の人間で、別個の人格です」

「もちろんそうでしょう――叙述トリックその⑨『語り部の誤読』。地の文に嘘があってはならないという習わしについて言及しましたが、一人称語り部の推理小説においては、例外が認められます。即《すなわ》ち、語り部自身が勘違いしている場合は、結果として嘘をつくことになっていても、そこはスルーされます」

「語り部……、『吾輩は猫である』でいうところの、猫ですよね？」

「はい。地の文に嘘があってはならないというルールは、裏を返せば、地の文以外には嘘があってもいいと解釈できます――登場人物の台詞の中に、思い違いがあっても問題はないというのは、なんとなくおわかりですよね？」

あっていいわけではないだろうが、まあ、納得できる――人は思い違いをする生き物だ。

「ですから、小説全体を、ひとりの人間の台詞でくくってしまえば、どんな偽《いつわ》りもまかり通るのです。もしも合宿所で起きた悲劇が、里中任太郎さんの、一人称で語られた殺人事件だったとするならば、私達は彼の、思い込みや決めつけや偏見を、真実として鵜呑《うの》みにしてしまっている可能性があります」

当然ながら二々村警部は、被害者以外の全員から証言は得ているし、それぞれの話を照らし合わせ、現場検証の結果と合わせて、客観的に話をまとめている――誰かひとりの証言に依ったりはしていない。

だいたい、語り部って。

里中任太郎は、ボーカルではあったかもしれないけれど、講談師とかではないぞ。

「勘違いだったということにすれば嘘もまかり通るというのは、なんだか、意外と緩いルールなんですね……」

「それでも厳しいほうですよ。ミステリー以外の小説を読むと、三人称視点でも、ばんばん地の文に嘘偽りが書いてあったりしますからね」

参考までに申し上げますと、私が一人称語り部で推理小説に登場すれば、『忘れました』で大概のシーンは通ります、と今日子さんは付け加えた。

それはもう、小説として通らないんじゃないかという気もするが。

「叙述トリックその⑩『作中作の誤読』。いよいよその⑩ですよ!」

今日子さんが元気よく、発破をかけるように言ったが、二桁に乗ったくらいでは盛り上がれない――スマートフォンを見ながら言われても。

「作中作? とは、なんですか?」

それは普通に初耳だった。

不思議な語感だ。

「これまでの展開は、実は、登場人物のひとりが書いた小説だった――という叙述トリックです。つまり、作中人物が書いた小説なのだから、恣意《しい》的な嘘や矛盾《むじゅん》、都合のいいごまかしがあっても構わないのです」

構わないのですって……、構わないのか?

ただし、作中作の意味はわかった。

映像作品でたまにある、アバンタイトルの展開はドラマのロケだったとか、いっそ主役が見ていた夢だったとか、そんなあれこれと似たようなものか。

「まあ、夢まで行ってしまうと、行き過ぎですかね。夢落ちが禁止なのは、推理小説界でも同じです」

何がよくて何が悪いのやら……。

「夢落ちはなかなかありませんが、作中作は、小説に限らず、手記や日記、事件記録というような形も取ります。これは叙述トリックその⑨『語り部の誤読』にも通じますが、あくまでも個人の記録ですから、真実性は疑わしくなります。その上、自ら筆を執《と》って書くとなると、自分をよく書いちゃう傾向があるのは否めません」

それはまあ、叙述トリックとは言え、現実にも通じる話だろう——歴史書などでも、解読するときは、書き手の立ち位置を考えながら読まなければならないらしい。

歴史は勝者が作る——だ。

それこそ、究極の叙述トリックかもしれない。

「つまり、今回の事件が、軽音楽部の益原楓さんが書かれた、ミュージカルの脚本だったとしたら、どういうことになりますか？」

どういうことにもならないだろう。

そもそも軽音楽部のメンバーは、ミュージカルの脚本を書くまい。

「あはは。推理小説研究会のメンバーがミステリーを書いたというのでは、ありがち過ぎると思いましてね。続きまして叙述トリックその⑪」

段々叙述トリックがどういうものかはわかってきたけれど、わかってきたからこそ、気分は沈んでいく一方だ。

自分は今何を聞いているのだろう。

「叙述トリックその⑪『在不在の誤読』」

「その場にいるのにいないと思わせたり、その場にいないのにいると思わせたりするということですか？」

「あら、二々村警部ったら、読んできますね。でも、迂闊《うかつ》なことを言うと、私の仕掛けた叙述トリックに引っかかってるかもしれませんよ？」

「引っかかってるんですか？」

「いえ、正解ですとも。お見事です。密室でおこなわれる会話劇だと思わせておいて、実はそのうちのひとりはその部屋におらず、電話で参加していた——電話で話してはいたけれど、書いていなかっただけで、実は通話相手は、その密室の中にいた。部屋の中にいる人間にはバレバレですけれど、読者には、叙述のベールに覆《おお》われた向こう側です」

叙述のベールとか、格好いい風に言っているけれど、その場にいる人間をいないように書いたり、いない人間をいるように書いたりするのは、文章しかヒントがない小説においては、さすがに卑怯《ひきょう》だとしか思えないのだが——『今まで黙ってましたけれど、実は無口な人間が、ずっと同席していました』なんて言われて、果たして読者は納得できるものだろうか。

「ええ。でも、卑怯と言ったら悪口になってしまいますので、そういう場合、我々はアンフェアという言葉を使います」

アンフェア。

それもなんだか格好いい風に言っているな。

プロフェッショナル・ファウルみたいだ。

「ええ。アンフェアと言われているうちは、まだセーフです。つまり、今回の事件で言えば、軽音楽部の殺風景さん。このかたは、体調を崩していて、ビデオチャットで演奏に参加していたのではないでしょうか」

「ではないですよ？」

「ではないでしょうね」

カメラもついていますし、このスマートフォンなら、それもできそうですけれどね——と、今日子さんは液晶画面をこちら側に向けた。

42×17の、標準的な文字の表示で、『XYZの悲劇』の文面が映し出されている——叙述トリック以前に、この距離で一ページだけ見ても、何が書いてあるのかはまったくわからないが、現状今日子さんは、『XYZの悲劇』を、80パーセントまで読み終わっているらしいことはわかった——画面の下にそう表示されている。

残る叙述トリック講座もあと三章なので、歩調は完全に揃っていた。

頭の中どうなってるんだ、この人。

ともかく。

「ビデオチャットでの参加者がいたのであれば、私がちゃんとそう言います」

「ですね。二々村警部はフェアな、信頼できる語り部ですとも——では、叙述トリックその⑫『外回りの誤読』」

「ん……」

その⑪『在不在の誤読』、というのは、その言葉から予想しやすかったが、外回りとは、どういう意味だ？

警邏《けいら》？　パトロール？

と、二々村警部は首を傾げたが、

「これはミステリー用語と言うよりは、出版用語ですよ」

と、今日子さん。

読書に戻りつつ、

「本の表紙や裏表紙、カバーや帯を指して、そう言うのです——まあ、電子書籍においては、別の表現をしているかもしれませんが」

と、言う。

なるほど、書籍の『外回り』か。

カバーや帯を、本にぐるりと『回す』ところからの通称だろう。

しかし、小説が書かれているのはページ、即ち本の内側であるはずで、あの手この手を尽くしてくる推理作家も、さすがに外回りには手を出せないのではなかろうか？

「いけませんねえ。そんな人のいいことでは、奴らの思う壺《つぼ》ですよ」

奴らって。

今日子さんのほうが、推理作家を詐欺師集団みたいに言っている——『ＸＹＺの悲劇』がクライマックスにさしかかって、テンションがあがっているのだろうか。

「さっき名前が出たのでたとえ話に使ってしまいますが、夏目漱石《なつめそうせき》先生の『吾輩は猫である』。表紙にこのタイトルが書かれていて、それなのに、語り部の『吾輩』が実は猫でなかったと最後に明かされたら、驚天動地《きょうてんどうち》ではありませんか？」

叙述トリックの説明のために、ついに大名作のあらすじを書き換えてしまった今日子さんだが——確かに、それは間違いなく驚く。

一行目で『吾輩は猫である。』と言ってはいるけれど、それは叙述トリックその⑨『語り部の誤読』で、解決できる。

叙述トリックその⑦『人間の誤読』も合わせて考えて……、そう、あの『名前はまだない猫』が、自分を猫だと思い込んでいる人間だとしたら？

「だとしたら……、超不気味な私小説になりますが」

「私小説としては超不気味でも、推理小説としては、優れていますよ。夏目先生、惜しかった」

「夏目漱石にダメ出しをしないでください……、わかりましたよ。これもある意味、『地の文に嘘があってはならない』というルールの裏をかいているんですね？　表紙に書かれたタイトルは、『地の文』ではありませんからね」

「ええ」

我が意を得たりと、頷く。

「その伝で言うなら、帯のアオリでも、裏表紙のあらすじでも、嘘はつき放題です。無法地帯です。嘘とは言わないまでも、読者に強烈な先入観を与えることができます——もしもこの事件のタイトルが、『児玉融吉の犯罪』だったとすれば、犯人は当然、児玉融吉という名前の軽音楽部員なのだろうと、決めつけて読みますよね。しかして実際は、彼が犯した犯罪は殺人ではなく、真犯人を庇《かば》うという隠匿《いんとく》罪だったのです！」

「……実際にはタイトルなんてついていませんけれどね。一応、捜査本部には、『劫罰島グランドピアノ殺人事件』と書いた紙を貼り付けていますが」

「あらすじや帯には『どうして彼は殺人を犯すに至ったのか』と書いてありますけれど、そこでいう『彼』は児玉さんではなく、児玉さんの親友で真犯人の石林さんのことを指していたのですね」

真犯人かどうかはまだわからないし、違う大学で、たまたま合宿所で遭遇した児玉融吉と石林済利が親友だなんて情報もない——関係者を例にして言ってもらうと確かにわかりやすかったけれど、却《かえ》って実際の事件のほうがこんがらがってしまった感もある。

講座後、ちゃんと解きほぐしてもらえるのだろうか。

「推理小説に『掟上今日子の叙述トリック』なんてタイトルをつければ、誰しも叙述トリックが使われるのだと思うでしょうけれど、しかしてまったく使わないという意表のつきかたもあります」

「叙述トリックだと明言しておきながら、叙述トリックを使わないんですか……、それは、斬新ですね」

「いえいえ、ありふれた手法ですよ。古典的と言ってもいいです」

「どちらにせよ、まさかタイトルや帯やあらすじで、騙されるとは思わないですね……、だからって、事件簿にして残さないでくださいよ？　そういう約束で、私達はあなたに捜査協力を依頼しているのですから」

「承知しております。地の文で明記しても構いませんよ――ここで、お待ちかねの叙述トリックその⑬です」

別にお待ちかねではない。

「叙述トリックその⑬『人数の誤読』」

「……もう、両サークルのメンバーは尽きてしまいましたけれど、どうするんですか？」

二々村警部は今日子さんの右腕の『登場人物紹介表』を見ながら、そう指摘する――また千良拍三に戻るのだろうか。

「いえ、大丈夫です。なにせ、『人数の誤読』ですから――これは、メンバーの外に犯人を求めるケースです。叙述トリックその⑪『在不在の誤読』のヴァリエーションとも言えますが――たとえば、私の腕に書かれたこの登場人物紹介表には掲載されていませんが、スタジオとして使えるような合宿所には、管理人のかたがいてもおかしくはありませんよね？」

「…………」

「あるいは、宿泊客に料理を出すコックさんだったり、あるいは住み込みの警備員さんだったり、本土との連絡船のクルーだったり――登場人物を全員、登場人物紹介表に載せなければならないという法律はありませんし、登場人物紹介表に載ってない登場人物が、犯人ではいけないという条例もありません」

確かに、登場する人間全員を詳細に描写していては、話が進まない――紙幅に限りのある『小説』である以上は、描写が省略される登場人物もいるだろう。

その省略された中に、犯人がいる――と？

「……外回りではなく、登場人物紹介表で読者を騙そうと言うんですか？」

「まあ、それだとアンフェアのラインを踏んでしまうかもしれないので、いっそ登場人物紹介表なんてつけなければいいんです――そしていざ解決編にさしかかったときに、それまで気配も感じさせなかった管理人さんを登場させ、『え？　いないと思ってたんですか？　常識的に考えて、管理人はいるでしょ。いないわけないじゃないですか。言わなくてもわかってると思ってましたけれど』と、叙述すればよいのです」

よくないでしょ？

そんな叙述の仕方だったら暴動が起きる。

しかしながら、いわんとすることはわかった——バスが停留所を経由していく中、何人乗った何人降りたと計算させるクイズのようなものか。ドライバーを数に入れるのを忘れさせるあれだ。

「つまり、鳥川荘の管理人さん、並びに従業員のかたが怪しいと、言わざるを得ませんね」

「冗談で言ってるんですよね？」

「もちろん。冗談抜きで冗談です。いたら、二々村さんがそれを私に伏せてお話しになる理由がありませんもの」

常識的に考えて、と今日子さんは悪びれない。

そう。

確かに鳥川荘には管理人やコックといった従業員はいるけれど、みんな通いで、夜までには島から出て行ってしまう——住み込みの警備員はいない。

犯行時間と、状況から見て、犯人は今日子さんの腕に書いた『登場人物紹介表』の中にいると考えて、およそ間違いないはずだ。

「うふふ。『およそ』とか『はずだ』なんて曖昧《あいまい》な言いかただと、叙述トリックがあるのではないかと、勘ぐられてしまいますよ？」

「……最後のひとつはなんなんですか？　わくわくの叙述トリックその⑭は」

皮肉っぽく言うと、

「期待されているところに、こんなことを申し上げるのは申しわけありませんが、叙述トリックその⑭は、『その他の誤読』です」

皮肉は通じず、そう返された。

「え？　その他？　ですか？」

「エトセトラです——レアケース、もしくは、分類不可と言ったところでしょうか。その①からその⑬のどれにも当てはまらないパターンの叙述トリックです」

はあ、と頷くしかない。

その①からその⑬までだって、かなり細かく分類していたと思う——そのどれにも当てはまらないパターンがあると言われても、まったくイメージできないのだが。

推理作家の想像力は無限なのか。

「いえ、まあ、さすがにこのその⑭まで来ると、あまりにも奇をてらい過ぎて、アンフェア以前の問題になってしまうことが多いですね。そういう場合も、物議を醸《かも》す問題作という形で、評価されたりするわけですが」

「懐が深いんだか浅いんだか、謎めいた世界なんですね……」

「ミステリーですからね」

「ええと、と言われてもやっぱり、例を示してもらえたほうが理解しやすいんですが……、今回の事件が、仮に『その⑭』だった場合は、どういう叙述トリックが想定できますか？」

「私は探偵であって推理作家ではありませんので、想像力は有限ですが……」

今日子さんは一瞬、思案顔をしてから、

「実は劫罰島は魔界への入り口で、鳥川荘の宿泊客は全員魔法使いだった。グランドピアノはメンバーのひとりが、魔法で浮かせていたことが、解決編で明かされる。作者いわく、『魔界じゃないとは言っていないし、魔法使いじゃないとも言っていない』」

と、信じられないような棒読みで言った。

確かに、叙述トリックとしてどうかというより、ミステリーとしてどうかというレベルの問題になっている――問題作。

問題外作でさえある。

「事件現場が魔界だったというのは、考えようによっては、叙述トリックその①『場所の誤読』とも言えそうですが……、えっと、つまり、ファンタジックな要素が絡んだ叙述トリックなのですか?」

「あくまで一例です。乱暴に言えば、読了後『なんだよこの叙述トリック!』と思ったときは、だいたいはその⑭だと考えてください」

中には秀逸《しゅういつ》なものもあるでしょうけれど、そうなるとオンリーワン過ぎて、やはり分類は難しいですね――と、今日子さんはまとめつつ、ずっと液晶画面の上で動かしていた指を止めて、千良拍三のスマートフォンを机の上に戻し、「ありがとうございました」と言った。

ぴったり、叙述トリックについての講釈と、『XYZの悲劇』の読書を、同時に終えたらしい。

素人《しろうと》に叙述トリックを理解させるという難題をクリアしたからなのか、それとも千ページを超えるという大作をこの高速で読了したからなのか、さすがに一山越えたという風に、一息つく今日子さんだった。

「……ところで、今日子さん。『XYZの悲劇』では、その①からその⑭までの、どの叙述トリックが使われていたのでしょうか？」

「その①からその⑬までの複合技ですね——結果、その⑭になっていると言っていいかもしれません。さすがは叙述トリックの金字塔と称される伝説的な名著、見事なものです。今まで読んでなかったのが悔やまれますね。素直に脱帽しますよ。堪能《たんのう》させていただきました。明日には忘れてしまうことが、惜しいくらい」

被害者が暗記するほど読み込んだというのも頷けます、と、今日子さんは言った——故人への手向《たむ》けとしてそう言っているわけではなく、心からそう言っているようだ。

その①からその⑬までが網羅されたその⑭なんて、二々村警部からしてみれば、読了後、人間不信になるんじゃないかと思うくらい、騙しのテクニックに満ちた一冊という気がするのだが……、わざわざ騙されるために本を読もうとは、まったく、推理小説読みとは、まことに変わった読者達だ。

「変わった読者達。いいですね。それは我々にとって、最大の誉め言葉ですよ——ところで、二々村警部」

と。

そこで今日子さんは姿勢を正した。

「忘却探偵の記憶が確かならば、私達は確か、そんな叙述トリックに満ちた推理小説を画面に表示させたスマートフォンを、どうして被害者は握りしめて亡くなっていたのかを、推理しなければならないのではありませんでしたっけ？」

6

「もうこれ以上、重ねて申し上げる必要はないとは思いますが、お察しの通り、叙述トリックは、現実に応用できるものではありません——密室トリックやアリバイ工作とは、完全に別物なのです。どれほど現実と妄想の区別がつかなくなり、推理小説から強烈な影響を受けたとしても、叙述トリックを実際の事件で再現することは、構造的に無理なのです——ですから、いくら被害者が死に際に、叙述トリックの名著の電子書籍が表示されたスマートフォンを握りしめていたとしても、犯行に叙述トリックが使われた、というようなことはないんです」

念押しするような言いかたをされるまでもない。

門外漢の早とちりだったと、素直に認める二々村警部だったが——むろん、それをわかるように説明してくれなかった推理小説研究会のメンバーにも、責任の一端はあると思うが——、しかし、ならばどうして、千良拍三はスマートフォンを握りしめて死んでいたのかという問題は残る。

「可能性は十四個あります」

「ま、またその⑭まであるんですか」

二々村警部が恐れをなすと、「からかいがいがありますね、二々村警部は」と、今日子さんは肩を揺らす。

「本当はみっつです」

「なぜそんな嘘を……、叙述トリックでもなんでもない、ただの嘘を」

今日初の嘘なのだろうか──そうは思えない。

台詞の中の嘘だからいいとも思えない。

「可能性その①『死ぬ前に、愛した推理小説を読みたかった』。可能性その②『著されているトリックのみではなく、小説の内容全体に、犯人の手がかりがある』。可能性その③『犯人は「XYZの悲劇」の作者である岸沢定国』」

今度は一気に列挙した。

なので咄嗟《とっさ》にはとらえかねたが、可能性その③で、とんでもないことを言っている──岸沢定国が犯人だって？

「なにせ多くの読者を煙《けむ》に巻いてきた推理作家ですからね。グランドピアノのトリックくらい、お茶の子さいさいで思いつかれることでしょう」

「……そんなに私はからかいがいがありますか？」

「やだな、怒らないでくださいよ。もちろん、本気で言っているわけではありません──ただし、ダイイングメッセージですからね。自分を殺した犯人が誰かを、千良さんは勘違いしていたという可能性は残さねばならないので、あながち、おふざけで名をあげたというわけではないのです」

「千良さんが、自分は岸沢定国に殺されたのだと、思い込んでいたというんですか？」

「死に際の混乱した頭の中では、何を考えるか、わかりませんからね——どうせ死ぬのなら、敬愛する推理作家に殺されたい、彼の作品の中のひとつになりたいと、そんな風に思ったとしても、おかしくはありません」

おかしい——とも言えないか。

殺人事件というような非日常の中では、人間がどれほど不合理で、わけのわからない行動を取るのか、二々村警部は知っている——推理小説のことは知らなくとも、事件現場のことは知っている。

「殺されるときは、完全犯罪で殺されたい——というのは、ミステリーマニアの決め台詞ですからね。もっとも、彼らとて、本気で言っているわけではありませんけれど」

「仰ることはわかりました。絡むようなことを言って申し訳ありませんでした」

「いえいえ。からかったのも確かですから」

確かなのか。

「……ただ、可能性その③だった場合は、あまりメッセージとして、意味がありませんね。とても真面目に受け取るわけにはいかない、正気を失った状態で書かれた遺言ということになります」

ならば、可能性その①と可能性その②を検証することになる——その『①』と、一等最初に挙げているところを見ると、今日子さんはその可能性こそが一番高いと考えているのだろうか？

「ええ。己の死を確信したときに、末期《まつご》の水ならぬ末期の謎として、好きな推理小説を読もうとした——一番ありそうなことです」

まあ、確かに、『好きな推理作家に殺されたい』ほど、マニアックな気持ちではあるまい——マニアならぬ二々村警部にも、まだぎりぎり理解できる。

「ただし」

と、今日子さんは言葉を継ぐ。

「千良さんは、該当の書籍『ＸＹＺの悲劇』を、全文暗記していたそうです。ならばわざわざ、現物を画面に表示させて、読む必要はないとも言えます。頭の中に思い浮かべればいいだけなのですから」

「……まあ、本人がそう言っていただけで、実際に全文暗記していたかどうかは、不明ですけれどね？」

「ええ。そうですね。一日以内の記憶力なら自信のある私でも、全文暗記は難しいです。……だとしても、既読の本を最後にもう一度、再読しようとするというのは、解《げ》せません——どちらかと言えば、解決編が気になって、現在読んでいる書籍の続きを読もうとするのではないでしょうか」

推理小説研究会に属するメンバーとして、現在進行形で読みかけの本がない、ということはあり得ませんから、と今日子さんは言った。

「いや、あり得るかあり得ないかはともかくとして、でも、その本がいざ死にかけているときに、手元にあるかどうかはまた別――」

言い掛けて、すぐに気付く。

違う、製本されていない電子書籍ならば、スマートフォンの中にわんさか詰まっているに違いない――常に本棚を持ち歩いてるようなものだ。ならば、そちらを呼び出せばよかっただけである。

作業量はまったく変わらない。

「先ほど、探偵らしくお行儀悪く、ちらりとスマートフォンの中のライブラリーを見せてもらいましたけれど、まさしく読みかけで止まっている本がありました――先月配信されたばかりの新作のようです。そちらではなく、読み尽くしていたであろう『XYZの悲劇』を開いていたことには、特別な意図があったと見るべきなのかもしれません」

そんなことをしていたのか。

やんわりと止めたつもりだったのだが――まあ、守秘義務厳守の探偵だから、証拠品のスマートフォンを調べるくらい、してもらっても構わないのだが。

「でも、読みかけの推理小説が、あまり好みではなかったということはありませんか？　最後に読む本には、未知数の本ではなく、既に面白いと知っている本を手に取りたかったとか……」

「もちろん、そうかもしれません——むしろ、そう考えるのが自然です。ただ、引っかかるのは、画面に表示されていたのが、『XYZの悲劇』の表紙だったということです」

読めてないじゃないですか。

と、今日子さんに言われて、二々村警部は初めてそこに思い至る——確かに、『最後に読みたかった』というのであれば、本文までページをめくっていてしかるべきだ。

当然、その前に力尽きたのだという見方もできるが……、しかし、他の可能性を検討する余地は残る。

「そこで可能性その②ですよ。叙述トリック関係ではないにしても、もしも本のどこかに、犯人に繋がるヒントがあるとしたら？」

「あるとしたら——どうなります？」

「お手上げでしょうね」

今日子さんは実際に両手をあげて、『降参』のポーズを取った——そこで二々村警部は、彼女が手袋を塡《は》めっぱなしであることに気付く。

「新書サイズ上下巻で、千ページを超えていた本ですよ。合本された電子書籍版では千五百ページに達していました——そんな本の中から、他に手がかりなしで、犯人に繋がる情報を特定するなんて、とてもとても」

少なくとも一日以内じゃ無理です、と今日子さんは言い切った——最速の探偵がそう言い切るからには、本当に無理なのだろう。

その辺りのジャッジはシビアな人だと聞いている。できないことはできないと、きっぱり断るそうだ。

「噂には聞いていましたが、ページ数が多いだけでなく、登場人物の数も半端《はんぱ》ではありませんでした。その中には、今回の事件の関係者と似た名前のキャラクターもいないわけじゃありませんでしたが、そりゃあ百も二百も名前が出てきたら、いくつかはかぶるでしょうし」

電子書籍版の表紙を見ただけではわからなかったが、どうやら、とんでもない小説のようだ——製本版を見たことはないが、そんな分厚い本が売っていても、二々村は手に取ろうとは思えないだろう。

「とすると、被害者がスマートフォンを握りしめていた意味が、可能性その①だったとしても可能性その②だったとしても、万が一可能性その③だったとしても、捜査の進展には繋がらないということですか」

「はい。しかもそのみっつは、『XYZの悲劇』が表示されていたことに、意味があったとした場合の可能性です——探偵としては、もっと残念な可能性を検討せざるを得ません」

「は？　残念な可能性？」

「パターン外——強《し》いて言うなら可能性ゼロですが。被害者は、操作ミスで『XYZの悲劇』を呼び出してしまったという可能性ですよ」

はっとする二々村警部——操作ミス。

そうか、スマートフォンにはそれがある。

指先がちょっと触れただけでも、思わぬアプリが起動したり、文字が入力されたりしてしまうのだ——まして死にかけているというシチュエーションである。

「私が記憶しているあり方からはかけ離れており、隔世《かくせい》の感もありますが、どれだけ機能が拡張されようとも、あくまでも電話ですからね——誰かに電話をかけて、助けを求めようとするのが普通ではないでしょうか」

普通だ。

これ以上なく普通だ。

もちろん、犯人がその場にいる状況で、気付かれないように電話をかけたり、メールを打ったりするのは簡単ではないだろうし、どうせ死ぬのだから助けを呼んでも無駄だと思ったのかもしれないが……。

「警察としても当然、スマートフォンの履歴は精査しておりますけれど、死亡推定時刻近辺に、被害者がどこかに電話をかけたり、メールを打ったりしたという報告はありませんでした——今日子さんは、千良さんが通話アプリやメールアプリを起動させようとして、誤って電子書籍アプリを呼び出してしまったのだと推理するのですか？」

「いえ、あくまでも『残念な可能性』です。蓋然《がいぜん》性の問題です——もっと残念を徹底するなら、被害者は混濁《こんだく》する意識の中、何の意味もなく、ただの反射で携帯電話をぎゅっと握りしめただけという可能性もあります。結果、『XYZの悲劇』が、呼び出されただけ——」

「それも——ありそうですね」

なんともやるせない可能性である。

操作ミスでも誤りでもないとは、確かに残念が徹底されている——ただ、痛みとパニックに襲われたとき、近くにあるものを強くつかんでしまうというのは、自然な生体反応だ。

「となると、今日子さん。ダイイングメッセージについては、いっそのこともう考えないほうがいいんでしょうか——その線からのアプローチは放棄して、地道に証拠・証言を集めるべきなのでしょうか」

横着せずに、現地の島へ足しげく通えという、天からのお告げなのかもしれない。別にズルをしようとしたつもりはなかったのだが。

「もちろん、他のアプローチも並行しておこなうべきですが、しかし二々村警部、そう結論を急がないでください。最速の探偵だからといって、諦めまで最速である必要はないでしょう——先刻仰っていましたが、警察では既に、スマートフォンの調査を、終えているわけですよね?」

「あ、はい。そりゃあ、もちろん」

「調べたのは、通話履歴やメール履歴だけでしょうか?」

「……それは、どういう意味の質問ですか?」

「誤って『XYZの悲劇』を起動させたという仮説を検証してみると、千良さんが本当に起動させたかったのが、通話アプリやメールアプリだったとは限らないでしょう? たとえば、写真アプリを起動させて、犯人の顔写真を表示させようとしたのかも——」

「ああ、なるほど。そういうことですか。確かに、今時の学生らしく、スマートフォンの中には、アプリがたくさんダウンロードされていたようですが……、ええ、もちろん、スマートフォンの中身は、鑑識係によって調査されているはずです。通信履歴や、保存されている写真が代表例ですが、今時のスマートフォンは個人情報の塊《かたまり》ですからね。たとえ被害者が握り締めていなかったとしても、トラブルの理由を探るにあたっては、重要な証拠になります」

「しかし、怪しいデータは見当たらなかった？」

「ええ……、そう聞いております」

「では、お尋ねしたいのですが」

と、今日子さんは再び、スマートフォンの画面に、指先で触れた。二々村警部にも画面が見やすいように、スマートフォンは机の上に置いたまま、軽快に操作する。

今日子さんが起動させたのは、『計算機』のアプリだった——『計算機』？　どうやらプリインストールされている標準的な計算機ではなく、ダウンロードされた有料アプリのようだが……。

「メモリに保存されていたこの計算式は、捜査本部ではどのようなとらえかたをされていますか？」

読書中に画面を操作していたら、たまたま見つけてしまったのですが——と、今日子さんは言ったけれど、とても、たまたまとは思えなかった。

なぜなら、その計算式が保存された日時・時刻が、被害者の死亡推定時刻とほとんど一致していたからだ——それは、以下のような内容だった。

『+5−12+40+20−8+221−9−14−94+7−8−18−19+20+143』

7

計算機というのは盲点《もうてん》だった。

通話履歴やメール履歴やブラウザ履歴、あるいはアルバムやメモ帳アプリの記録ならば、こんな見落としがあるはずもないが、まさか計算機アプリの中に、こんな手がかりが残されていようとは。

もちろん、これが犯人に直接繋がる手がかりであるとは限らないが、計算式の保存時刻から見て、事件とまったく無関係というのはありえないだろう。

しかし……、『+5−12+40+20−8+221−9−14−94+7−8−18−19+20+143』?

なんだ、この計算式は?

「計算式の答は274になりますが」

と、一瞬で答を出す今日子さん。

読書しながら(かつ、叙述トリックの講釈をしながら)スマートフォンの中身を探っていたこといい——それもおそらくは、隅々まで探っていたことといい——、この人、頭の回転が速過ぎる。

この人はいったい、同時にいくつのことができるのだろうか。

「274……、しかし、特に、何か思い当たる数字ではありませんね」

「ええ。これが813だったら、ヒントになったかもしれないんですけれどね」

推理小説研究会的には、と今日子さんは意味不明のことを言った。

「一番高い可能性は、死に際にスマートフォンで助けを呼ぼうとして、震える指で操作を誤って、計算機アプリが立ち上がり、わけのわからない数式が入力されてしまったという線でしょうね」

「うーん……、そしてその後、更に誤って、電子書籍アプリを起動させてしまったということですか？」

「そう。その後、更に更に誤って、『XYZの悲劇』を開いてしまった——まあ、これくらいの偶然は、起こり得るとは思います。消えゆく意識の中、誤りが繰り返されても、不思議ではありません。ただし、ここまで来ると、偶然でないと考えたほうが、探偵としてはしっくりきます——私が仮に推理した、グランドピアノのトリックが使用されたのだとすれば、犯人の目を盗んでスマートフォンを操作する時間は、たっぷりあったはずですから」

どうしてたっぷりあったのだろうと考えて、そうか、グランドピアノに『押し潰されて』いたからか、と理解する。つまり、犯人が分解したグランドピアノを組み直すときの当たり前の手順として、まず最初に、被害者の身体の上に、屋根を置くからだ——下敷きになるということは、陰に這入るということでもある。

キーボードと違って、液晶画面のブラインドタッチは難易度が高いだろうが、単純な操作や習熟した操作ならば、できなくもない……、計算機アプリを使うとか、読み慣れた電子書籍を呼び出すとか？

ただ、犯人が現場に残っていたら、電話ができなかったのはまだわかるとして、メールで助けを呼ぶことは、できたのではないだろうかという疑問は、どうしたって残る。

「その点は、実は解決可能なのです。殺されたのが軽音楽部のメンバーだったら、疑問の解消は難しいですが――千良さんは推理小説研究会のメンバーですからね」

「？　どういう意味ですか？」

「殺人事件の被害者はダイイングメッセージを残さねばならない、それもできる限り難解な記述で――という、ミステリーマニアならではの義務感に駆られたのだという解釈ができるんですよ」

やや無理筋ですが、と今日子さんは言った――またぞろからかわれているのかと思ったが、今度は百パーセント、本気らしい。

しかし、助けを呼ぶよりも、暗号を遺すほうを優先するとは……、病膏肓《やまいこうこう》に入《い》っていて、それはもう、『どうせ殺されるなら完全犯罪で殺されたい』よりも『好きな推理作家に殺されたい』のほうに近い、二々村警部には理解しえない感情だが……。

「推理小説研究会の部長たる者、ダイイングメッセージも遺さずに死ぬなんて恥ずかしい。

死に際に、そんな風に考えたのかもしれません」

「……それは、混濁した頭で考えたということですよね？」

「むろんですよ。さすがに、通常の精神状態だったら、そんな風には考えるはずがありません。被害者の死因は頭部を殴打されてのものだということは、強調しておくべきでしょう」

というわけで。

今日子さんは、仕切り直すように言った。

「今度はこちらの計算式を軸に、『ＸＹＺの悲劇』を読み解いてみましょうか——その場合、どういう可能性が考えられるでしょう？」

8

推理小説に不見識だった二々村警部の的外れな要望や、記憶が更新されない彼女にとっては事実上『未知のテクノロジー』であるとも言えるスマートフォンが絡んだダイイングメッセージに、あーでもないこーでもないと言いつつも、ここまで滞《とどこお》りなくノンストップの高速回転で推理を進めてきた忘却探偵だったが、しかし、ここに来てついに、

「…………」

と、足を止めた。

思考を止めたと言うべきか——黙ってしまった。

「ど、どうかされましたか？」

なんというか、二々村警部の不手際もあってごたごたしていた状況も、ようやく『まとも』なダイイングメッセージが登場したことによって、『普通』の殺人事件になったのではという期待があったのだが――どうして忘却探偵は、ここで思案投げ首になってしまったのだろう？

「弱りました。何も思いつきません」

「は？」

「失礼、『何も』というのは大袈裟な弱音でした。そりゃあ、何でもよければ、いくらでも思いつきはするのですが、しかしこれという仮説がありません――」

それは、ここまで快進撃を続けてきた『名探偵』からの、思いもよらぬ降参宣言だったが、しかし、そんな事態には、むしろ彼女のほうが戸惑《とまど》っているようだった――机の上のスマートフォンを操作して、計算機アプリを閉じて、再度『ＸＹＺの悲劇』を呼び出し、素早くページをめくる。それは速読でも読めないだろうというようなスピードで、右手の人差し指でスライドする。

「てっきり、あの計算式を『ＸＹＺの悲劇』に代入すれば、答が出てくるものとばかり考えていましたが、どうも、そんな気配がありません。ひょっとすると、計算式も電子書籍も無関係なのでしょうか？」

今日子さんは、二々村警部に対してと言うより、独り言のように呟く。

「かと言って、計算式単体で考えても、袋小路です。どんな仮説も、ぴんと来ません。うーん……」

「い、一服入れましょうか？　ここまで、今日子さんも考えっぱなしだったわけですし」

二々村警部は『今日子さんも』と言ったが、自分に厳しく言うなら、『今日子さんは』と言うべき局面だっただろう——彼は無力感に苛《さいな》まれていた。

だから、過度に励ますような台詞を口にしてしまう。

「大丈夫ですって。少なくとも、計算式が保存されていたことには、何らかの意味があるはずなんですから」

「ですかねえ。それらしい可能性が他にないということは、やっぱり、痙攣《けいれん》した指がデタラメな数字を入力したというだけと結論づけるべきですから……」

弱音と言うより、しょんぼりした風にそう言われると、依頼者として心苦しいばかりだった。もちろん、そう結論づけてくれたとしても、それはそれで、彼女は探偵としての役割を立派に果たしてくれたと言えるのだが。

「コーヒーでも淹《い》れてきましょうか？」

言ってから、そう言えば、呼びつけておいて、飲み物も出していないことに、今更気付く——どたばたしていたとは言え、社会人として不調法の極みだ。

「そうですね、ここは遠慮なくいただいておきましょうか。ブラックでお願いします」

「？　ブラックでいいんですか？」

思考は糖分を消費するはずだから、砂糖をむしろ多めに入れるべきなんじゃないかと思っ

たが、

「いえ、深く考え過ぎて、ちょっと眠くなっちゃってますので、しゃっきりしたいのです」

と、今日子さんは固辞した。

なるほど、ならばブラックしかない。

眠くなるというのは、寝たら記憶がリセットされる忘却探偵にとって致命的である——壁にぶつかってしまったとは言え、ここまでのミーティングが無駄になるというのは、歓迎すべからざる事態である。

「わかりました、じゃあ少々——」

お待ちください、と、二々村警部が立ち上がりかけたところで、しかし今日子さんのほうが、

「お待ちください」

と、先回りするように彼を制した。

「やっぱりコーヒーは遠慮します。その代わり、そのペンを貸していただいてもよいでしょうか？」

そして、胸ポケットに入れたサインペンを指さす——先程、今日子さんの右腕に『登場人物紹介表』を書いたサインペンである。

「え？　ペンをどうするんですか？」

戸惑いつつ彼女のほうを見れば、先程の消沈具合が見間違いだったかと思うような、不敵

な笑みを、今日子さんは浮かべていた。

「ひとつ、思いついたことがあります」

「え……、今日子さん、じゃあ、計算式の意味を思いついたんですか？」

「いえ、思いつくための方法を思いついたのです――眠くなったのは、いいタイミングでした」

「？　？　？」

要領を得ない今日子さんの物言いを不思議に思いつつ――何か閃いたのかと思ったが、まだ表情ほど本調子ではないのだろうか？　――、とりあえずは言われるがままに、サインペンを貸す。

「ありがとうございます」

そう言ってから、いったんそのペンを脇に置き、今日子さんが取り出したのは、コスメの一種か何かだろうか、ウエットティッシュだった。

二々村警部がいぶかしんでいる間にも、今日子さんはてきぱきと動く――左袖をまくりあげて、『私は掟上今日子。25歳』から始まる一連のプロフィールを露出させ。

そしてそれを、ウエットティッシュで、さながら消しゴムをかけるように、ごしごしとこすった――まさしく消しゴムであり、今日子さんのプロフィールは綺麗さっぱり跡形もなく、抹消《まっしょう》された。

「な、何をしているんですか⁉」

別にその文章を消したからと言って、すぐさま今日子さんの記憶がなくなるわけではないのだが、しかし、二々村警部は焦る――詳しい仕組みは知らないけれど、もしも今眠ってしまったら、事件の概要を忘れてしまうどころか、自分が誰かも、忘却してしまうのでは？よりにもよって、脳を酷使したため眠気を催しているという今、どうしてそんな危うい真《ま》似《ね》を――

「いえね。叙述トリックを仕掛けてみようと思いまして――私自身に」

対照的に平然とした風に、今日子さんはペンを手に取る――二々村警部の困惑は加速する一方だ。『叙述トリックを仕掛けてみよう』と言われても……、叙述トリックは、推理小説世界の中だけのもので、現実での使用は不可能だと、今日子さん自身が散々言ってきたはずでは？　しかも、『私自身』にとは、どういう意味だ？

……どういう意味かは、すぐにわかった。

忘却探偵は、己の前腕部に、すらすらとこう書いたのだ。

『私は千良拍三。22歳。推理小説研究会部長。グランドピアノで殺された――』

それは、掟上今日子ではなく。

殺されたい被害者のプロフィールだった。

更に『死亡推定時刻は』とか、『岸沢定国著「XYZの悲劇」を片手に握り締め』とか、『計算式「＋5－12＋40＋20－8＋221－9－14－94＋7－8－18－19＋20＋143」をダイイングメッセージとして』とか、他にも細々とした情報を、今日子さんは左腕の前腕部に書ければ書き、それでも飽き足らないのか、最後に『左足太ももに続く』と書いては、今度はガウチョパンツをまくりあげた――さすがに二々村警部が視線を逸《そ》らす。

そちらはすぐに書き終えたようで、その後すぐさま今日子さんは、

「では、おやすみなさい。どうぞ、二々村警部は一服入れて、頃合いを見て起こしてくださいね」

と、机に突っ伏したのだった。

「いやいや、今日子さん……」

と、向き直ったときには、彼女はもう、すやすやと寝入っていた――つまり、もう手遅れだった。

先輩から聞いたところ、ほんの一瞬でも寝てしまったら、もうアウトらしい――だから、忘却探偵と事件捜査を共にする刑事は、彼女が眠らないよう、しっかり見張っていなければならないと言われていたのだが。

いや、意図はわかる。

わかるのだが、しかし――そこまでするかと、思わざるを得ない。

叙述トリック……。

いったん眠り記憶をリセットし、プロフィールがまっさらになった状態で、腕に叙述された偽りのプロフィールを読むことで、ダイイングメッセージを遺した当時の、被害者になりきるという、いわば意図的な『誤読』をするつもりなのだ。

叙述トリックその⑤『人物の誤読』……、あるいは叙述トリックその⑩『作中作の誤読』……、いや、こんなのはその⑭でしかないだろう。

忘却探偵ならではの手腕だが（文字通りの手腕だ）、どう考えてもやり過ぎだ——下手《へた》をすれば、完全に自分を見失ってしまうかもしれないじゃないか。

むろん、リセットされると言っても、それは彼女の記憶が更新されなくなった『ある時点』までのことで、完全にまっさらになるわけではないし、また、いくら誤読しても、自分が男子大学生でないことくらいはすぐにわかるだろうから大過はなく、あくまでも叙述トリックの狙い目は寝起きの、夢うつつの瞬間なのだろうが……、危なっかしいことに違いはない。

とは言え、こうなってしまえば、すやすや眠る白髪の探偵の寝姿をただただ見つめることしかできない。いや、異性の寝姿を眺めているというのも悪趣味だと、二々村警部は取調室から外に出た——一服などできるはずもなかったが。

むしろ気になって気になって、気が気でなかった——頃合いを見て起こしてくれと頼まれていたが、待っていられない。

叙述トリックが吉と出るのか凶と出るのか以前に、あんなことをして本当に大丈夫なのかという心配な気持ちのほうが先に立つ。

せめて今日子さんが目覚めたとき、すぐに『しゃっきり』できるようにと、遠慮すると言われたブラックコーヒーを濃い目に淹れて、結局、三十分も待てずに、二々村警部は取調室へと戻った。

まだ眠っていると思って、ノックなしで取調室の戸を開けると、

「…………」

と、二々村警部に身体を揺すられるまでもなく、今日子さんは既に起きていて、まくりあげた左太ももを確認しているところだった。

書くときはぎりぎり目を逸らせたが、今度は見てしまった――そこには、

『左腕の叙述は嘘。私は掟上今日子。25歳。探偵。記憶が一日でリセットされる、最速にして忘却探偵』

と書かれていた。

ああ……、と、脱力する。

二々村警部がやきもきするまでもなく、そういうセキュリティを、あらかじめ敷《し》いていたのか――いや、それはそれで、叙述トリックと言うべきなのかもしれない。

起きざまに、まずは左腕前腕部の叙述を読んで、『被害者の人格』をトレースした直後、『左足太ももに続く』叙述を読んで、正しくアジャストしたというわけだ。

二々村警部が感心していると、今日子さんは更に足を組むようにして、太ももの裏側まで確認する――そこにはこう書かれていた。

『依頼人は二々村警部。詳しくは彼に』

「あなたが二々村警部ですか？」

ようやく顔を起こした今日子さんに訊かれ――『千良拍三』ならぬ掟上今日子に訊かれ、

二々村警部は慌てて、「は、はい、そうです」と、警察手帳を取り出す。

叙述トリックの話を散々して、その上、現実世界での叙述トリックを目《ま》の当たりにした直後だけに、自分が間違いなく自分であるという証明に、万全を期す二々村警部だったが、今日子さんは、「ですか。初めまして。掟上今日子です」という『初対面』の挨拶もそこそこに、

「では、二々村警部。お願いがあります」と、切り出した。

「解決編に必要となりますので、『XYZの悲劇』を、入手していただけますか？」

「？　いえ、『XYZの悲劇』でしたら、そのスマートフォンの中に……」

スマートフォンがどういう機器なのかは左腕に書いてあっただろうかと考えつつ、そう返答しつつ——二々村警部は「え？」と思う。

解決編？　解決編だって？

「今日子さん、まさか被害者が遺したダイイングメッセージの意味が、推理できたというんですか？　『XYZの悲劇』が表示されていたスマートフォンを握りしめていた意味も、保存されていた計算式の意味も」

「はい。私にはこの事件の真相が、最初からわかっていました」

ほんの三十分前、壁にぶつかってうなだれていた忘却探偵は、したり顔で、抜け抜けとそんなことを言った。むき出しにした足を組んだままなので、はしたないと言うより、ふてぶてしいとさえ言える態度である。

「ただし、解決編をおこなうために入手していただきたいのは、電子版ではなく新書サイズ

のノベルス版──『ＸＹＺの悲劇』の親本なのです」

ところで忘却探偵は、「ただ、グランドピアノをどう凶器に使ったのか、そこにあるトリックについては、まだわからないのですが」と付け加えていた──ちぐはぐである。

前腕部に書ける情報量は限られているし、また、そうでなければ警察に捜査協力をおこなう忘却探偵として、守秘義務を厳守できないというのもあるだろうが……、そんな様子だから、二々村警部としては、まだ眉唾《まゆつば》だった。

なので、書籍に詳しい部下任せにするわけにもいかず、二々村警部は自ら、不慣れな本屋の、不慣れなコーナーへと向かうことになった。

岸沢定国著『ＸＹＺの悲劇』ノベルス版。

上下巻合わせて、千ページ超え。

電子書籍というデータではない、物体の形状を目の当たりにすると、その厚さは圧巻だった──叙述トリックがどうとか言うより、これだけの分量の文字を読んだら、真相なんて気にならなくなってしまうんじゃないかと思わなくもない。

ひょっとすると『大量の文字数を書く』という叙述トリックなのかもしれないなどと思いつつ、二々村警部は経費で購入し、警察署に戻った──取調室の今日子さんはコーヒーを飲み終わっていて、

「お帰りなさい。喜んでくださいい、グランドピアノのトリックも判明しましたよ！」

と、意気揚々《ようよう》だった。

なんと言っていいのかわからないまま、二々村警部は、スマートフォンに並べるように、机の上に購入してきた『XYZの悲劇』上下巻を置いた。

「あら、新刊で手に入りましたか。もう絶版になっていて、古本屋さんに頼るしかないと思っていましたが、親本がまだ動いているというのは、さすが叙述トリックの金字塔ですね——きっと被害者の千良さんも、最初はこの形状で読んだのでしょうね。文庫版でも、電子版でもなく」

「……形状が違っても、内容は同じなんですよね？」

「はい。文庫落ちするときに、親本からの大幅な改変をおこなう作家さんもおられますが、基本的には、内容が変わるということはありません」

文庫落ちという言葉も、二々村警部にしてみれば初耳だった——と言うか、今日子さんは二々村警部に、古本屋巡りまでさせるつもりだったのか。

人使いが荒過ぎる。

「二々村警部の買い物中にこのスマートフォンを調べさせてもらってましたが、私が忘れている間に、電子書籍もすっかり普及したようですね。こういった分厚い本は持ち歩くのが大変ですから、親本を持っていても、電子版を買っちゃう気持ちは、理解できます」

「はあ……」

二々村警部には、同じ本を何冊も買おうという気持ちは、よくわからないが――だって、内容は同じなのに？

「内容は同じです。ただし」
レ、イ、ア、ウ、トが違います。
そう言って今日子さんは、『XYZの悲劇』、上巻のページを開いた――なんだろう、そりゃあ本のサイズが違うのだから、レイアウトも違うに決まっているが、しかし、電子書籍ならレイアウトは自由に変更できるのではないか、とのぞき込んで、二々村警部は驚愕《きょうがく》する。

「な、なんですかこれは……？」

一ページの中に、文字のブロックがふたつあった――ページの上半分にひとつ、ページの下半分にひとつ。

反対側のページも同じような構成になっていて、見開きで離れてみると、ちょうど、漢字の『田』みたいだった。

「こ、これはどういう順番で読めばいいんですか……？」

「新聞と同じだと思ってください。上半分を読んだら下半分、下半分を読んだら、次のページの上半分に――二、段、組、みと言います」

新聞と同じと言われると、なるほど、確かにそう奇天烈《きてれつ》なレイアウトでもないのだろうが……、二段組み？

「新書サイズの小説、つまりノベルスでは、一般的なレイアウトです――いえ、『でした』

と言うべきなんですかね。私が覚えている頃でも、減少の一途をたどっていたレイアウトですから」

「そりゃあ……、まあ」

こんな変なレイアウト、読みにくくて読みにくくて仕方ないですからね、と言い掛けて、すんでのところでこらえる——マニアの前で迂闊なことを口走るべきではなかろう。

それでも伝わってしまったのか、今日子さんはやや寂しげな笑みを浮かべてから、

「この本が新刊で手に入ったということは、どうやらまだ絶滅してはいないようですけれど、電子書籍がここまで普及したからには、もはや風前の灯火《ともしび》でしょうね」

と言った。

「？　電子書籍の普及と、レイアウトが、何か関係あるのですか？　だって、電子書籍はレイアウトを、読みやすいように自由に変えられるんですから」

「いえ、二々村警部の留守中に試してみましたけれど、電子書籍でも、レイアウトを二段組みにするのは無理です。行数、文字数、フォントの大きさなどは自由に調整できますが、段数は変更できません」

そうなのか？

いや、考えてみれば、書物の電子化というのは、活字離れを防ぐための試みでもあるはずなのだから、わざわざ本を読みにくくするような工夫を、出版社やアプリの開発者がするはずもない。

もちろん、電子書籍リーダーもアプリも千差万別の百花繚乱だから、二段組みにできるものだってあるだろうが、ないほうが主流派ではあるに違いない――事実、今日子さんが言った通り、千良拍三のスマートフォンにインストールされていたアプリでは、できないようだった。

たとえする手段があったとしても、タブレットならまだしも、スマートフォンの画面で、そう表示する意味はなかろう……。

「慣れると、これはこれで読みやすいんですけれどね」

と、今日子さんは言うが、どこか言い訳がましかった――『慣れると』とか『これはこれで』とか言っている時点で、二段組みが読みにくいこと自体は、彼女も認めているようだ。

二々村警部は、慰めのつもりで、

「まあ、滅びる宿命にあるものが、滅びるだけのことですよ」

と言ったが、微妙な顔をされた――フォロー失敗。

土台、マニアの気持ちが、活字離れどころか、まず触れてもいない二々村警部にわかるはずもなかった――なので、切り替えて、「で、だからどうだって言うんですか？」と、話を先へと進める。

確か今は、書籍文化を語る場ではなく、解決編のはずだ。

「被害者の千良さんが、この親本？　ノベルス版？　のほうを読んでいたら、何かが変わるんですか？」

「大いに変わります。この計算式」

今日子さんはスマートフォンを操作して（二々村警部が不在の間に、またも習熟したらしく、軽やかなフリックだった）、計算機アプリを起動させた――そして例の、意味不明の数式を表示させる。

『＋５－12＋40＋20－８＋２２１－９－14－94＋７－８－18－19＋20＋１４３』

「この計算式の、意味するところがわかるのです――電子版『ＸＹＺの悲劇』と合わせても、この計算式は意味不明の羅列でしたが、ノベルス版『ＸＹＺの悲劇』を合わせれば、この計算式が俄然《がぜん》、意味を持つのです」

「……………？」

言っていることがさっぱりわからない。

内容は同じままなのに、それが二段組みで表示されただけで、どうして謎が解けるのだ？

「ふむ。では、こうすれば理解の助けになりますかね？」

今日子さんは左袖をまくる――そこに書かれていた千良拍三のプロフィールはもうウエットティッシュで消されていたが、彼女はそこに新たに、文章を書き込んだ。

いや、文章ではなく、計算式。

スマートフォンの画面に表示された数式を、今日子さんは左腕に書き写したのだ――それも、ただ書き写しただけではなく、新たな要素を書き加えた。

『（＋５，－12，＋40）（＋20，－８，＋２２１）（－９，－14，－94）（＋７，－８，－18）（－19，＋

20,＋143)』

書き加えられたのは、『( )』と『,』である——理解の助けになるどころか、混乱に拍《はく》車《しゃ》をかけられた気分である。

「まだわかりませんか？ この計算式は、座標を表現しているんですよ」

「ざ——座標？」

「『XYZの悲劇』——このタイトルが鍵でした。『XYZ』——つまり、X座標とY座標とZ座標なのです」

そこまで言われて、ようやく二々村警部は、「あっ……！」と、忘却探偵のいわんとすることを理解した——被害者の伝えようとしたダイイングメッセージを、受領した。

10

本を読まないからと言って、取り立てて数学に詳しいわけでもないのだが、しかし二々村警部とて、座標くらいは知っている——X軸とY軸で、十字に区切られたあれだ。

横と縦。

そこに高さのZ軸を加えて、XYZだ。

そして、それは初見の彼だからこそ、より強く思うことかもしれないが——さっき漢字の『田』のようだと思った二段組みのレイアウトは、同様に、座標図にもそっくりだった。

「右ページ上段を第一象限、左ページ上段を第二象限、左ページ下段を第三象限、右ページ下段を第四象限ととらえてください——そして、ページ数がZ軸です。上巻がプラスで、下巻がマイナスというわけです」

そう説明しながら、今日子さんは『XYZの悲劇』のページを、それぞれぴったり真ん中で開いて、そして背中合わせにした——上下巻。

と言うより、上下対称の形。

「最初の『(+5，－12，+40)』と言うのは、上巻四十ページ下段つまり第四象限の、後ろから五行目の十二文字目を意味しているのです——わかりやすいでしょう？」

わかりやす——くは、ない。

むしろわかりにくい。

そんなの、該当の書籍を全文暗記しているような愛読者でもない限りは、解けっこない——考えることさえ、ままならないだろう。

「ええ。たとえ親本を本当に全文暗記しているとしても、とても咄嗟に思いつけるようなダイイングメッセージではありません。上段や下段、右ページや左ページ、上巻や下巻のそれぞれで数字が反転してしまうために、現物を見ながらでないと、とても検証できません——なので、二々村警部にお使いに行っていただいたのです。おそらく被害者の千良さんは、この暗号を軸に——まさしく軸に——、いつか小説でも書こうと、普段から、考えてらしたのでしょう——推理小説研究会のメンバーらしく」

「作中作——ですね」

「そうです。よくそんな専門用語をご存知ですね」

教えてくれた今日子さんに感心されても複雑だった――ただ、普段から考えていた暗号だとすれば、どうして被害者はそれをダイイングメッセージとして遺したのかという理由は、もはや、聞くまでもなかった。

名探偵から直々に、これだけの講義を受け、解決編まで拝聴した二々村警部は、推理小説を読んだことはなくとも、もう門外漢ではない――つまり、『どうせ殺されるなら好きな推理作家に殺されたい』とか、『どうせ殺されるなら完全犯罪がいい』とか、『殺されるときにはダイイングメッセージを遺す義務がある』とか、そういったファン心理に基づく理由は、理解はできなくとも、想像ができる。

せっかく考えた暗号を。

使うことなく死んでいくのが我慢ならなかったのだろう――推理小説研究会の部長として。

「親本を握りしめて死ねたら理想的だったんでしょうけれど、そこは電子書籍で代用するしかなかったのでしょう――たまたま持ち歩くサイズの本ではありませんからね。ただ、結果としてそれで難易度があがったのですから、被害者も報われること間違いなしです」

確かに、叙述トリックを行使する前の今日子さんが暗号解読の壁にぶつかったのは、電子版『XYZの悲劇』を読んでしまっていたからなのだろう――スマートフォンの画面に表示される、電子書籍の読みやすいレイアウトの先入観が、却ってダイイングメッセージ解読の妨げとなった――叙述トリックを仕掛け、一度眠って記憶をリセットしたからこそ、被害者が示したかったのは該当書籍の製本版、それも親本のノベルス版だと、今日子さんは直感したのだ。

やれやれ、たとえ保存されていた計算式を見落としてなかったとしても、こんなダイイングメッセージ、二々村警部に解けるはずもなかった――二段組みのレイアウトでないと、名探偵にさえ解読できない暗号なのだから。

「さしずめ、二段構えの暗号と言ったところですかね？」

二々村警部がくだらないことを言うと、今日子さんも自嘲《じちょう》的にほほえみ、「ええ。暗号なのですから、読みにくくって正解です」と返した。

「さて、解読すれば、いったいどなたの名前が登場するのでしょうね？　事前に考えていた暗号であるならば、推理小説研究会のメンバーの名前が出てくる疑いが濃厚ですが、しかし、軽音楽部のメンバーとも、知らないところで接点があったかもしれませんからね――あらら？」

検証を終えた忘却探偵は、ノベルス上下巻のあちこちからピックアップし、左腕に自ら叙述した文字の並びを見て、とても不思議そうに首を傾げた。

それもそのはず。

二段構えの暗号が示していたのは、あまりにも意外な犯人だった。

第三話　掟上今日子の心理実験

1

百道浜《ももちはま》警部は、忘却探偵の存在を恐れていた。否、恐れていたという表現は、実際の感覚とは少々違う——彼が忘却探偵と行動を共にするとき、絶え間なく感じている『それ』は、ある種の敬意を感じさせるそんな言葉よりももっと根源的であり、もっと幼稚で未熟な感情だった。

『恐れている』と言うより、素直に『怖い』と言うべきで。

より正確を期して表現するならば、

(僕はあの人のことを、怖がっているんだ——)

ということになる。

嫌いなわけではない。

むしろその人柄、人となりについては、好感さえ抱いている——けれど、人としての彼女ではない、探偵としての彼女に対しては、百道浜警部は心から怯《ひる》まずにはいられない。

(——それも『怯む』じゃなくて、『怯《おび》える』なのだろうか)

同僚の刑事達が忘却探偵と、ほとんど無遠慮と言っていいほどに気安く、出前でも頼むかのように依頼できる関係性を築いていることが、信じられないくらいだ。いや、彼らにも、彼らなりの葛藤《かっとう》はあるに違いないのだが。

公的機関である警察組織が、あくまでもいち民間人である忘却探偵に、あくまでもいち民間企業である置手紙探偵事務所に、事件解決のための助言を求めることに、心理的な抵抗があるというわけではない――そんな理由で忘却探偵を毛嫌いする警察官も、決していないわけではないのだが、百道浜警部は必ずしも、彼らと志を同じくする者ではなかった。

むしろ、変に体面にこだわらず、相手が組織の外の人間であろうとも、積極的に協力を仰ぐ姿勢はもっとあるべきだと思う――忘却探偵が忘却探偵であるがゆえに、警察に捜査協力をしたという事実を翌日にはすっかり忘れてしまうというような機密保持のエクスキューズがなかったとしても、事件の早期解決のためには、延《ひ》いては社会正義のためには、どんどん有能な人材は活用すべきであると思っている。

立っているものは親でも使え――いわんや探偵をやだ。

寝ていない忘却探偵をや。

その辺り、百道浜警部の思想は、公務員にあるまじきほど進歩的だ。

だが、それを踏まえた上でも――彼は忘却探偵を恐れていた。

自分で自分を説得できなかった。

怖かった。怖がっていた。

本能的な感覚だったので、それが具体的にどういう怖さなのか、いったい何に基づいて自分が、ああも可愛らしい白髪の探偵を怖がっているのかには、それなりの分析が必要だった――最初は順当に、その怜悧《れいり》なる頭脳が怖いのだと思った。

頭が良過ぎて怖い、という奴だ。

百道浜警部が日々相手取る犯罪者でもそうだが、『何を考えているかわからない人間』というのは、やはり怖いものだ——動機不明の殺人事件は、どれだけ経験したところで、不気味の一言である。だからこそ、犯罪捜査では動機の解明が重視されるわけで——

(『頭が良過ぎる人間』というのは、『何を考えているかわからない人間』とは違うんだろうけれど、それでもどこか、不気味さは否めない)

こちらに理解できないことをすんなりと理解できる人間を、理解するのは難しい——ゆえに、捜査機関が持て余した数々の事件を解決に導いた忘却探偵が怖いという解釈は、とりあえず成り立つ。

仮にそんな理由で忘却探偵を嫌う刑事がいたなら、百道浜警部は、その感覚を支持するだろう——けれど、じゃあそれが彼自身の感覚と一致するのかと言えば、微妙にズレていると言わざるを得ない。

全然違うかもしれない。

なぜなら、忘却探偵を恐れつつも誤解を恐れずに言うならば、百道浜警部は、忘却探偵のことを、『頭が良過ぎる』とは評していないからだ——どころか、『頭の良さ』だけに限っていうなら、常人である自分と、そう大差ないんじゃないかとさえ思っている。

大胆不敵にも。

いや、己の脳細胞と比べるのはさすがに不遜《ふそん》であるにしても、しかし少なくとも、百道浜警部は、彼女よりも頭がいいだろう人間を、何人も知っている——上司にも部下にも、そういう人間はいる。

もちろん、有能であることに疑いはないけれど、忘却探偵の頭脳自体は、そこまで特異なものではない——と、百道浜警部は解釈している。

それなのに、上司にも部下にも、すぐには解決できなかった事件を、忘却探偵はいともたやすく最速で、絡まったケーブルでも解きほぐすがごとく、するすると解決してのけたのだった。

それも一日で。

どんな事件でも一日で解決する——忘却探偵。

一日で記憶を失ってしまうから一日で解決できる事件しか引き受けないのだという言葉が、まるで空虚な言い訳のようだと、百道浜警部は感じる。そんな鮮やかさだ。

(だから、怖いのか?)

常人とさして変わらない能力で、常人には不可能な結果を出す——理屈がわからなければ、それもまた大層、不気味である。

だが違う。そこが違う。

百道浜警部には、理屈がわかるのだ。

どうして忘却探偵が、あれほどのパフォーマンスを発揮できるのかが、共に捜査をしていると、なんとなく納得できてきてしまって——ひしひしと伝わってきてしまって、それが怖いのである。

だから、妖怪《ようかい》のように。
怪異のように——掟上今日子を怖がっている。

2

「あなたが百道浜警部ですか？　初めまして。掟上今日子です」

そう言って待ち合わせ場所に現れた今日子さんのファッションは、グレーの巻きスカートにドレープがかった薄手のロングシャツというものだった——確かにその出で立ち自体は初めてだったが、百道浜警部が置手紙探偵事務所に助力を求めるのは、これが通算五度目のことである。

忘れているのだ。忘却探偵ゆえに。

にこにことしながら、百道浜警部のことは、共に挑んだ事件の真相と共に、忘失の彼方である——思い出したくもないあんな酷い出来事を、よくもまあ綺麗さっぱり忘れられるものだと感心してしまう。

体質なのだから当然なのだが。

「はい。初めまして。僕が百道浜です」

たとえ過去に接近遭遇していようとも、依頼するごとに初対面を演じるのが忘却探偵に協力を要請する上でのエチケットなので、百道浜警部はそんな風に、今日子さんに調子を合わせる——とは言え、初めましてではないにしても、結構久し振りだ。

前回、四度目の依頼をしてから、随分と時間が経過している――組織外の人材との連携を推進する立場を取り、勉強会まで開催している百道浜警部なのだから、もっと頻繁に置手紙探偵事務所へ依頼をするべきなのかもしれなかったけれど、しかし、どうしても二の足を踏んでいた。

まさか『怖いから』と説明するわけにはいかないが。

ただ、今回は、その『怖さ』を押しても、忘却探偵の手を借りないわけにはいかないのだった――いくらなんでも、公務よりも己の恐怖感を優先するつもりはない。

(僕は勇を鼓して、忘却探偵と一緒に捜査する――)

大袈裟ではあるが、今日の百道浜警部は、そんな心境だった。

一方、彼のそんな心境を知ってか知らずか、今日子さんはにこにことしたままで、

「それでは早速お話を伺わせてください。移動しながら話しましょうか?」

と、おっとりした物腰とは裏腹に、最速の探偵らしく、百道浜警部を急《せ》かすようなことを言うのだった。

「は、はい。そうですね。では、現場に向かうまでの車中で、概要を話させてください」

「あら。ひょっとして、パトカーに乗せていただけるのですか?」

今日子さんははしゃいだ声を出した。

「嬉しい。私、パトカーに乗るのは初めてです」

どこまで本気で言っているのかはなはだ不明だったけれども――百道浜警部が今日子さん

をパトカーに乗せるのは、これが三度目だった。

3

「被害者の名前は横村銃児《よこむらじゅうじ》。いわゆる『密室』の中で、心臓を貫かれていました」

パトカーはパトカーでも、それが覆面パトカーだったことに対して、従来通りに落胆の色を見せた今日子さんを助手席に乗せ、駐車場から道路に出たところで、百道浜警部はそう切り出した。

最速の探偵から促されたとは言え、前置きを抜きにした、やや先走り気味の詳細解説である——どう考えてもこの速度は、彼が抱く恐怖感の表れであった。

それは忘却探偵への怖がりかたであると同時に、起きた事件そのものに対する怖がりかたでもあった。

(名探偵を『助手』席に乗せてクルマを運転するなんて、なんだか、たちの悪いジョークのようだけれど……)

それも三度目となれば今更だ。今日子さんにとっては初めてであるにしても。

「ふむ。密室ですか」

今日子さんは座席の位置を前後に調整しながら、そんな風に反応する——ミステリー小説の用語であり、現実の世界には滅多に登場しないその言葉には、プロフェッショナルとして慣れっこだというような落ち着きぶりだ。

いや、探偵としての記憶が蓄積しない以上、密室状況を代表とする不可能犯罪に、今日子さんが『慣れる』ということは、ないはずなのだけれど。

（そう……、『頭の良さ』よりも、むしろこの『落ち着き』こそが、忘却探偵の本質なんだ……、すべてが『初めて』のはずなのに、この場馴《ばな》れ感……）

そう思いつつ——そう震えつつ。

百道浜警部は、事件概要の説明を続ける。

「はい。ことは密室の中で起こりました。容疑者のうち、誰にも犯行は為し得なかったと見えるシチュエーションです」

「なるほど。しかし、裏を返せば、容疑者はいるわけですね？」

密室状況ではあっても容疑者不在の状況ではないということですね——と、今日子さんは言う。

言葉尻《ことばじり》をとらえられたようでもあったが、しかし、極めて的確な指摘だった。当然、あとから説明するつもりだったことではあるけれど、しかし、意図しないところから意図をくみ取られてしまうと、百道浜警部としては、心胆寒からしめられる思いだ。

「はい。具体的に言いますと、容疑者は三人います——被害者である横村銃児の、家族です」

「家族」

「はい。父親と、母親と、実兄です」

家族が家族を殺した。

その凄惨《せいさん》な状況に対して――少なくとも、そう推察される状況に対して、忘却探偵が出したコメントは、

「つまり、そういう意味でも、密室の中でおこなわれた犯行というわけですね」

というものだった。

家庭という密室内、という意味なのだろうが、しかし、洒落のめすのはファッションセンスだけにとどめて欲しい――そんなことを言われても、車中の雰囲気がなごんだりはしないのだから。

それくらい、彼女に対する恐怖心は、彼の内壁にへばりついている。

百道浜警部としては空笑いを浮かべながら、「そうですね。事件現場も、自宅の離れの、地下室ですし」と、話を進めるしかなかった。

「窓のない、鉄扉《てっぴ》で閉ざされた地下室です。被害者は普段から、その部屋で寝起きしていました――そのベッドの上で、言うならば、串刺《くしざ》しにされていたのです」

「串刺し。ふむふむ。地下室となると、人の目の密室や、心理的な密室やらではない、原始的な密室というわけなのですかねえ――その無骨さは、古きよき時代の本格ミステリーを愛する身としては、非常に好感が持てます」

どこまで本気で言っているのかはわからないけれど、犯罪行為に対して『好感が持てる』というのは、百道浜警部でなくとも、眉を顰《ひそ》めたくなる不謹慎さだった。

警察官として、一言もの申したくなる。

だが、そんな百道浜警部の機先を制するように、

「確認しますが、人が通れるサイズの通気口などもないのですね？」

と、今日子さんは地下室の詳細を訊いてきた。

「はい。出入り口は、先述した鉄扉だけです。事件発覚の際に、その鉄扉は破壊されていますが」

「破壊？　ということは、察するに、室内での異常を察知した人達が、道具を用いるなりして、扉を破壊したということでしょうか――そして中で刺されている横村銃児さんを発見した、と？」

「おおむねその通りです。そしてその発見者というのが、同時に容疑者でもあるわけです」

「第一発見者を疑え――ですか？　それはそれは。事件が無骨なのは結構なことですが、その考えかたは、時代に取り残された忘却探偵から見ても、いささか古めかしいです」

くすくすと笑う今日子さん。

からかわれているようでもあるけれど、しかし、したたかに探りを入れられているようでもある――たぶん後者なのだろうと、百道浜警部は解釈する。

穿《うが》ち過ぎ、否、邪推でさえあるかもしれないが。

「自宅の敷地内で起きた事件なら、第一発見者が家族になるのは、至極自然なことだと思われますけれどねえ――容疑者は、父親と母親と実兄だと仰っていましたね。三人で一緒に扉を壊して、三人で一緒に発見したのですか？」

「はい。あ、いえ、細かいことを言うと、扉を壊すという力仕事を担当したのは、男性陣だけです。体当たりをしたり、その辺の道具を使ったりして……、その時点では、まさか中で、家族が串刺しにされているとは思っていなかったとのことですが」

ただし、あくまでもそれは供述である。

三人のうちひとりは、室内の状況を把握していたのかもしれない——あるいはそれは、三人のうちの二人かもしれないし、もっと言えば、全員なのかもしれない。

「……んー」

今日子さんは腕組みをして、少し考えるようにした。

「扉の破壊によって開放された密室に対する解決というのは、大抵の場合、『実は鍵がかかってなかった』というようなヴァリエーションになりますけれど……」

破壊することで、本当に鍵がかかっていたのかどうかをあやふやにしようという企てのことを言っているのだろうが、もちろん、そんなわけがない——用いられているのがそんなトリックならば、わざわざ名探偵にお出まし願う必要なんてない。

わざわざ怖い思いをするまでもない。

「先程、今日子さんは原始的な密室と仰いましたけれど……、しかし、鍵に限って言うなら、決して原始的じゃあないんです。むしろ、最新鋭と言いますか」

「最新鋭」

「はい。地下室の鉄扉は、カードキーによって管理されていました——地下室に這入るときには、非接触型のカードを使用しなければ、開けることはままなりません」

それでも無理に開けようとするなら、破壊するしかなくなる――という仕組みだった。

「ん……、最新鋭と言われましたから身構えましたけれど、幸い、時代遅れな私の知識の内にも、カードキーくらいは含まれていますね。私の事務所兼自宅である掟上ビルディングにも、そういった設備はありますから。とは言え……、それだけに、若干違和感があります」

と、今日子さん。

そりゃあるだろう――捜査の専門家ならばもちろん、素人でも感じずにはいられない違和感だ。

企業ビルやらなにやらならともかく、それこそ、機密保持を看板とする置手紙探偵事務所の扉というならともかく、自宅の地下室の扉をカードキーで管理するなど、まったくしっくり来ない。

「ここまでの話から、私は中から閂《かんぬき》で閉じられているような鉄扉をイメージしていましたが、その実体がカードキーだというのは、なんとも不自然です。それとも、古い革袋に新しい酒――なのですかねえ？　つまり、地下室の鉄扉に、カードキーのシステムを後付けしたのでしょうか」

「ええ。お察しの通りです」

より正確に言うと、カードキーと暗証番号のダブルロックである――実際には家族は、破壊によって鉄扉を開いたわけだが。

「密室の構造は理解しました。ただ、それによって、疑問点が増えましたね。密室と言うからには、当然、内側から鍵がかかっているものだと思い込んでいましたけれど——そのお話だと、むしろ鍵は、外側からしか開けられませんよね？」

「はい。つまり、内側から開けることはできません。と、言うのも」

百道浜警部は核心に迫った。

「そもそもその地下室は、被害者である横村銃児を、閉じ込めるために使われていた部屋だったからです」

地下室であると同時に地下牢《ちかろう》なのです。

と言った。

4

横村家の事情……、横村家の内情に関しては、現場に到着してから慎重に話そうと思っていたのだが、こうなってしまえばなりゆきだ——どの道、忘却探偵に怯えながら説明する百道浜警部には、理路整然と順を追った説明なんて、できるはずもないのだから。

「捜査にあたる警察官として、被害者のことを悪く言うべきではありませんけれど、家族の証言を信じる限り、横村銃児は癇癪《かんしゃく》持ちの、手のつけられない乱暴者だったそうです。両親はすっかり、彼のことを持て余していたらしく、だから、その地下室に、半ば監禁するような形で、共同生活を送っていたのだとか——」

それは共同生活とは言えないだろう。

離れの、しかも地下室だ。

食事は朝昼晩と、上げ膳据え膳の至れり尽くせりだったと聞けば、さながら引きこもった次男坊の面倒をかいがいしく見ているようでもあるけれど、その実態は、かけ離れている。

「たとえ血を分けた肉親であっても、監禁したら犯罪ですよね」

今日子さんはきっぱりと言った——もちろん、その通りだ。

横村銃児は、その意味では、串刺しにされる以前から、家庭内の被害者であったと言える。

ただ、『家庭の内情』に配慮せず、ばっさりとそう断じてしまう今日子さんに、百道浜警部は咄嗟には同意しかねた。

いや、百道浜警部だって、いくら両親が、次男の横暴な態度に苦しめられていたからと言って、監禁してもいいとはまったく思わないのだけれど——しかし、そこに葛藤を感じないというのは、何か違う。

「まして、監禁されている最中に刺されたとなれば、ただごとではありません。それとも、容疑者の皆さんは、『このままでは殺されると思ったから、先に殺した』というような、正当防衛でも主張されているのでしょうか?」

「いいえ、そんなことは——と言うか、まだ罪状認否がおこなわれているような段階ではありません。容疑者と言っても、逮捕には至っておりません——まだ参考人の段階で、完全に手探りの状態でして」

だけれど、その辺りを考えれば、第一発見者であろうとなかろうと、家族が怪しいと見るのは当然である。被害者の実兄は、『僕も子供の頃に悪さをしたら、この地下室に閉じ込められたものです』というようなことを言って、問題を普遍化、あるいは矮小化《わいしょう》化しようとしていたけれど、そういう問題じゃあない——横村銃児を『子供』と表現するのは無理があるし、それに、詳しく訊けば、その頃には、まだ離れの地下室の鍵は、カードキーではなかったと言うし。

容疑者という言葉ではやや足りないくらい、明らかに怪しい。だが、それでも、逮捕に至らない理由がある——彼ら三人には、確固たるアリバイがあるのだ。

そのアリバイというのが出来過ぎていて、より怪しさを増している側面もあるのだが。

「ふむ。そのアリバイの詳細をお聞きする前に、もうひとつ確認させていただきたいのですが……、百道浜警部。カードキーにせよなんにせよ、犯行現場の扉に設置されていたのは、外側からなら開けられるタイプの鍵だったんですよね？　だとすれば、中に這入るにあたって、鉄扉を破壊する必要はなかったんじゃありませんか？」

もっともな疑問だった。

と言うか、それについては明らかに、百道浜警部の説明が足りていなかった——原始的な密室だと早とちりしたのは、今日子さんの側の責任だが。

（その辺を取ってみても、この人は、やはり、完璧な名探偵というわけじゃないのだ——ミスもする）

「家族がベッドに串刺しにされている被害者を発見するに至る経緯なんですが……、室内での異常を察知して、扉を破壊したというわけではないんです」

「あら？　でも、さっき私がそう尋ねたとき、肯定していただけたはずでは？」

「いえ、ですから、『おおむね』です。異常があったのは確かなのですが、それは室内ではなく、室外——離れではなく、母屋のほうでおこったのです。これも、家族の証言によればですが——いつも通りの場所に保管してあったはずのカードキーが、その日の朝、なくなっていたそうです」

「………………」

「なくすようなものじゃないから、誰かに盗まれたんじゃあ——誰かが勝手に、閉じ込めている次男を解放しようとしているんじゃあ。そんな風に思って、家族三人で地下室に駆けつけ、力ずくで扉を壊したのだとか。無事を確認したかったのでしょうが……、発見したのは、無惨な串刺し姿だったそうです」

この説明をどこまで鵜呑みにしていいのかはわからないけれど。

三人そろって口裏を合わせているのだとすれば、なんだって偽装できる。

なんだって偽証できる。

「偽装や偽証をおこなっているのなら、拙《つたな》いというほかありませんね——行動原理がいかにも不自然です。仮にカードキーが盗難にあったとしても、だからと言って即座に扉を破壊するでしょうか？　セキュリティ会社に連絡するとか、メーカーに問い合わせて再発行を求めるとか、もう少しソフトランディングと言うか……、短絡的な行動を取る前に、まずは穏やかな手法を取りそうなものですが」

「『開かなくなった部屋の中に人間がいるのだから、悠長なことは言っていられないでしょう』というのが、彼らの主張です。カードキーの再発行なんて待っていたら、次男が中で飢え死にしてしまうと……」

「ふむ。一応、それで説明はつきますか。ただし、家族を監禁しておいて、今更心配するようなことを言われてもという気がしますけれども」

今日子さんは肩をすくめた。

「どちらかと言うと、第三者に身内の監禁が露見することを恐れて、一刻も早く次男の身柄を確保したかったというほうが、真相なんじゃないでしょうかねえ」

「……でしょうね」

そりゃそうだ。そうに決まっている。

ただ、直感的にそう思えるかどうかは別問題である——百道浜警部には許容しがたい心理なのだが、すぐにそう発想できるのが忘却探偵なのだ。

人間の心理を、人間味なく理解する。

「駆けつけた地下室で、あるいは地下牢で、扉が閉じられているのを見てもまだ安心できなかったと言うのであれば——そう主張しているのであれば、という意味ですが——、当然、問題の扉はオートロックだったのでしょうね？」

「はい。ですから、密室とは言いましても、密室の施錠自体が、犯人の特定を困難にしているわけではないのです。仮に第三者の存在を犯人像として想定するならば、カードキーで地下室に入って犯行に及び、被害者を寝台に串刺しにしたのちに、逃走したという仮説を立てられます」

ちなみにカードキーは地下室内の捜索中に発見されました、と付け加える。

そこだけ取り上げると、やはり古典的密室のようではあるが、オートロックである以上、その発見は何も状況を難しくはしない。

ただのインキーだ。

持っていれば、後々処理に困るであろうカードキーを、あえて現場に捨てていくというのは、考えかたとして納得がいく——納得がいかないことがあるとすれば。

「ははあ。でも、その仮説はちょっと甘いですよね。鉄扉はカードキーだけでは開けられないのでしょう？　暗証番号が必要だと仰っていましたよね？」

「はい。八桁の暗証番号です。偶然当てられる桁数《けたすう》ではありませんけれど……、ただ、暗証番号は常に、漏洩の可能性があります。書かれたメモは、家の中に保存されていたわけですし」

「備忘録ですね」

と、今日子さん。

「カードキーを盗んだ以上、そのメモにしたって、こっそり見ていたかもしれないという理屈ですか——まあ、ぎりぎり成立しなくはないですね。でも、のちに否定されたんでしょう？」

ってしまったのだろうか。

決めつけるように言ってくる今日子さん。どうして決めつけられるのかわからない――知らず知らずのうちに、ヒントを出してしまっていたのだろうか。

少なくとも、勘の良さだけでは説明がつかない。

「いいえ、単なる勘ですとも。その仮説が通るようであれば、家族への疑いはもうちょっと薄れているはずという根拠に基づいているだけです。それで、如何なのですか？」

「……はい。否定されていません。扉は破壊されましたが、しかし、鍵自体は無事でしたから――つまり、機器の中に開《あ》け閉《た》ての記録が残っているんです。それによると、第三者にカードキーが使用されたという事実はありません」

最後に扉が開けられたのは、前日の夜、母親が夕飯を下げたときだと記録されていた――カードキーの紛失が発覚する翌朝まで、扉が開けられたという事実はない。

よって、仮に第三者を犯人と想定したにしても、その第三者が、盗んだカードキーや暗証番号で扉を開いたわけではないのだ――盗難と殺人は無関係となる。

「ううん。状況から考えると、まるっきりの無関係ではないのでしょうね。ただし……」

「ただし？　ただし、なんですか？」

「もう少し詰めてからにしましょうか。急がば回れです」

今日子さんはそんな風に、もったいぶるようなことを言ってから、「カードキーの紛失が犯人の自作自演だと疑いをかける根拠は、まだないわけですしね」と付け加えた。

それだけ付け加えれば十分だと思うが。

(急がば回れ……、どころじゃない。ほとんど直進している)

「続けてください。確か、私達は、容疑者である被害者の家族の、アリバイについて検証していたはずですよね?」

「そう……、ただ、ここまでの話で、既に容疑者のアリバイが成立していることにお気づきなのではありませんか?」

今日子さんならば。

と、やや皮肉めいたことを、百道浜警部は言った——忘却探偵に怯えている彼にしては、ずいぶんと踏み込んだ発言だったが、当の今日子さんは何食わぬ顔で、「ええ」と、普通に頷いた。

「ただ、水平思考をおこなっておきたいので、是非とも百道浜警部の口から直接、お聞きしたく」

警察官であるクライアントを立てるようなことを言われても、まったく嬉しくない——むしろ、その如才なさも、怖いと言えば怖い。

自信や自負の表れというように思う。

「……扉が、前日の夜から発見時まで、開け閉てされていなかったことで、第三者による犯行という線は否定されました——しかし、これは同時に、当事者である家族の犯行を否定するものでもあります。扉が一晩中、ずっと閉じられていたという記録は、全員のアリバイを立証してしまっているのです——地下室の中には、誰も這入れなかった。そういう意味では、やっぱりこれは、密室状況による不可能犯罪なんですよ」

5

「念のために、盗難されたカードキーが使用されてはいないだろうと推理できる根拠を、もうひとつあげるなら……、わざわざリスクをおかしてカードキーを盗み出さなくとも、その気になれば扉は力ずくで破壊できるくらいの強度だった、という点でしょうかねえ」

と、今日子さんは言った。

捜査本部としては、今のところそういう視点は持っていなかったが、言われてみればもっともな指摘である。

監禁されている横村銃児を殺したかったのであれば、二度のリスクを冒さずともよかった——それぞれの犯罪リスクは、一度にまとめることができた。

そもそも、監禁されている人間を殺そうという者が、そうそういるとも思えない。

被害者の、話し合いさえ成立しないほどだったという横暴な振る舞いは、あくまでも家族相手にのみ発揮されるものだった——彼を殺したいほどに憎んでいたのは、だから家族に限られる。

（あくまでも愛憎相半ばの感情だったんだろうけれど——いや、それも恐怖か？　意思疎通のできない身内ほど、怖いものもないだろう——）

「やれやれ。古めかしいどころか、まさしく最新鋭の密室じゃあないですか。データのログによる管理とは……、古き良き時代の住人としては、そろそろついていけなくなってきましたかねえ」

まるで自分がホームズやポワロと同時代人であるかのような発言だが、これは単なる韜晦《とうかい》だろう──事実、

「記録を改竄《かいざん》することは可能なのですか？」

という、的確な質問を重ねてきた。

「デジタルデータである以上、まるっきりの不可能ではありません──ただし、鑑識では、そういう細工はなされていないようだという結論が出ています」

もちろん、それも『デジタルデータである以上』、痕跡を残さない形で改竄が行われたという可能性を、完全には消去できないが──そこまでの技術が、システムエンジニアでもない容疑者達にあるとは思えない。通常の改竄さえ、彼らには不可能だろう。

「システムエンジニアではない──そう言えば、まだ聞いていませんでしたけれど、ご両親やお兄さんは、何を生業とされているのでしょう？　話を伺っていると、結構な素封家《そほうか》であることが窺えますが」

わざとそうほのめかしていたつもりはなかったけれど、離れがあったり、地下室に最新鋭の鍵を取り付けていたりという要件から、そう推理したのだろうか？

「既に引退されていますが、父親はとある大企業の重役でした──母親は元々その会社に勤

めていたそうですけれど、結婚を機に、家庭に入られて、今に至るとか。長男は、現在もその会社の社員ですね」

「家族全員が、その会社の関係者というわけですか？」

「はい。いえ、監禁されていた被害者は、もちろん例外となります」

言うまでもないことだが。

調べによると、父親は次男のことを『穀潰《ごくつぶ》し』とか『無駄飯食らい』とか、そんな風に呼んでいたそうだ——そうなると、愛憎相半ばではなく、憎しみのほうが勝っているだろう。

「引退されたということは、お父様は、それなりの高齢なのでしょうか？」

「若くはありませんけれど、しかし、定年退職のような形で引退したわけではないそうです——手続き上は一身上の都合ということになっていますが、しかし、次男の面倒を、母親ひとりに任せられなくなったからというのが実状のようです」

「……子供のために、職を辞することになった、と。いえ、その言いかただと、子供のためというより、母親のためだったんでしょうが——」

「それが殺人の動機になると、お考えですか？」

「まだなんとも。動機で言うなら、次男の横暴に振り回される両親の姿を見て、実兄が苦渋の決断を下したということも考えられるでしょうし——あるいは、単に弟ばかりが手をかけられることに、兄として嫉妬《しっと》したということも考えられます。手のかかる子ほど可愛いとも言いますからねえ」

横村銃児の『手のかかる』は、そういうレベルではなかったらしいのだが——むろん、だからと言って手にかけていいということにはならない。

それでも動機は重要だ。

その動機は、三人共にある——三人にしかないという言いかたもできる。

「そうですね。ただし、データログによる密室状況は、第三者はもちろん、同居する家族の犯行を否定していることは、仰る通りに確かです。カードキーの紛失が偽装工作の一環だったとしても、記録の改竄がないとするならば、夜中に地下室に侵入し、被害者を串刺しにすることは、誰にも不可能なのですから」

「はい。不可能犯罪です——三人とも、そう主張しています」

その様子は、互いに互いを庇い合っているようでもあった——家族なのだから、互いに互いを庇い合うのは当然だと言われれば、その通りなのだが。

あくまでも横村銃児が例外なのだ。横村家にとって。

「そうですか——密室問題の細部を詰めておきたいのですが、構いませんか？」

「はい、もちろんです。何なりとお訊きください」

「カードキーを紛失した際、あるいは暗証番号を失念した際の、非常用の手段のようなものは、ないのですね？」

「はい。メーカーやセキュリティ会社の手を借りるしかありません」

「扉が『二度』破壊されていたような形跡はありませんでしたか？　つまり、夜中に一度壊した扉を、一見何事もなかったかのように修復したという可能性は」

「ありません――鉄扉、つまりは鉄ですからね。壊した部分を修復するためには、溶接作業が必要になります」

「あはは。鉄の扉を高温で溶かして、後に冷やして元通りにしたなんてミステリーがあったら、読んじゃうでしょうけれどね」

「そのトリックはさすがに新機軸過ぎませんか？」

「確かに。では、よくあるアプローチを――犯行は夜中におこなわれたものではなく、早朝、扉を破壊して、三人の容疑者が中に入ったというまさにそのときにおこなわれた。他の二人の目を盗んで、あるいは三人で共謀して、ベッドで眠る被害者を刺した……、いえ、扉を破壊する際の物音で起きてはいたかもしれませんが、ともかく、いわゆる瞬間殺人というパターンについての検証は、いかがでしょう」

瞬間殺人というような考えかたは、百道浜警部にとっては新鮮だった――その言い振りからすると、ミステリーファンにとっては、基本中の基本みたいなトリックのヴァリエーションなのだろうが。

ただ、その可能性はゼロだ。

それこそ、古き良き時代ならばともかく――現代には、死亡推定時刻というものがある。

「被害者が刺された時刻は、どう広く見積もっても、深夜の出来事であると断定されています――犯行が朝におこなわれたということは、絶対にありません」

「同じ理屈で、最後に扉が開けられたと記録されている前日の夜に――母親が夕飯を下げたとされる時刻に、犯行がおこなわれたということもないわけですね？」

納得したように頷く今日子さん。

落胆した風がないところを見ると、密室を検証しているというより、それはないだろうという可能性を、丁寧に消しているのだろう。

これも急がば回れというよりは、さしずめ、最速のためのウォーミングアップといったところか。

「では、最後に」

と、前置きをしてから切り出された質問も、丁寧の一環だったのだろう。

「被害者の自殺という可能性は、検証されましたか？」

「…………」

「ほら、監禁生活を苦にして、あるいは家族にこれ以上迷惑をかけることが心苦しくて、自ら命を絶ったという仮説は、成立しなくもないでしょう？」

「…………」

念を押すようなその質問に対して、口で応えてもよかったのだが――ちょうど信号で停止したタイミングでもあったので、百道浜警部は懐からスマートフォンを取り出した。

そして、保存されている現場写真――被害者の写真を表示させた上で、助手席の探偵へと手渡した。

百聞は一見に如かず——否。

一目瞭然《いちもくりょうぜん》と言うべきか。

ベッドに串刺しになった被害者の姿を見れば、自殺なんて可能性を検討することが、いったいどれほどばかばかしいことか、説明するまでもなくわかってもらえるだろうと思ったのだ。

もっと言えば、期待していた。

まるで人工知能の将棋ソフトのように、すべての手をシステマティックに検証するようなスタイルを取る最速の探偵も、実際の死体を目の当たりにすれば、そんな論理をもてあそぶような行為を恥じるのではないかと、期待していた。

反省を促したかったなんて、思い上がったことを言うつもりはないが——現実の殺人事件は、推理小説とは違う、エンターテインメントではなく悲劇なのだということは、主張したかった。

そんなこと、百道浜警部に主張されるまでもなく、今日子さんだってわかっているに違いないのだけれど、

「ふむ。なるほど。確かに、この姿と、安らかとは言えない死に顔を見る限り、自殺はありえませんね」

了解しました、と。

しかし、死体写真を不意打ち気味に見せられても、顔色ひとつ変えることなくそう頷く彼

女を、百道浜警部はおぞましく感じずにはいられないのだった。

6

本来、忘却探偵に期待されるべきは思考であって、人間味など期待するほうが間違っている——それを重々承知しつつも、百道浜警部は、ついつい、彼女を試すようなことをしてしまう。

彼女の心を計ってしまう——心理実験のごとく。

そしてそのたび、震えることになる。

それこそ、これが『初めて』じゃあない——共に事件を捜査するのは五度目で、パトカーに乗せたのは三度目だが、探りを入れるようなことをした回数は、その比ではないだろう。

そして芳しい成果が得られたことなど一度もない。

それでも、百道浜警部は、確認せずにはいられないのだった——彼女が思考する機械などではなく人間であることを、実験せずにはいられないのだった。

懲りもせず、まるで、前に質問したときの答を忘れたかのように——否、はっきりと覚えているからこそ、百道浜警部は繰り返さざるを得ない。

まるで怖いもの見たさのようでもあるが、しかし、違うのだ——百道浜警部が見たいのは、怖くない、い、い、いものなのだ。

掟上今日子が機械でないことを——もしくは、妖怪でないことを確信したい。そんな当たり前のことを、知りたい。

（きっと僕は、くだらないことにこだわっているんだろう……、たとえ今日子さんがサイボーグだったとしても、サトリの妖怪だったとしても、事件の真相が究明できれば、なんだって構わないはずなのに）

いっそ、見るからに非人間的な、冷たい表情の探偵だったら、こんなことは思わないのだろうけれど、しかし見た目だけは可愛らしい白髪の探偵が相手だからこそ、認知的不協和が生じているのかもしれなかった。

当然ながら、そんな百道浜警部の内心を、まさか忘却探偵がまったく察していないわけではないだろう——具体的な理由まではさすがにわからないにしても、おかしな質問を繰り返したり、いきなり死体の写真を見せたりすれば、それらの行動を不審に思わないわけがない。

依頼のたびごとに忘れるとは言え、百道浜警部の言葉の端々から、探偵は感じるはずだ——自分がクライアントから、『怖がられている』ことを。

ただ、これも毎度のことながら、その点を彼女は、掘り下げようとはしない——こちらからどう思われようとも、それは事件の解決の妨げにはならないからだろう。

徹底した省エネ、最速のためのコストパフォーマンスの追求——最速を求めるＦ１マシンが、軽量化に軽量化を重ねた挙句、公道を走れない仕様になるがごとく、忘却探偵からは社会性が失われていくようである。

（もっとも、忘却探偵が死体の写真を見せられたくらいで動揺しないのは、考えてみれば、常識の範疇《はんちゅう》か——だって、どんな凄惨な事件現場を目にしたところで、この人は翌日になれば、それをすっかり忘れてしまうのだから)
スマートフォンの中にあんな写真が入っていることを、思い出しては陰鬱《いんうつ》な気持ちになってしまう百道浜警部と、同日に語ることにそもそもの無理があるのだ——そしてどちらが捜査に臨む姿勢として正しいのかと言えば、当然、今日子さんに軍配が上がろう。
(結局、できる人のことを、できない奴が、なんだかんだと難癖をつけてやっかんでいるというだけのことなんだろうか——でもなあ)
正しさだけを追求することが正しいとは、百道浜警部には、どうしても思えないのである。

7

車中での会話は、それ以降弾むこともなく——事前に話すべきことをおおよそ話し終えてしまった百道浜警部は、雑談で時間を埋めるような如才なさとは無縁だった——、ほとんど無言の、気まずい時間が続いた末に、ふたりは事件現場である横村家に到着した。

ただし、無言のドライブを、気まずい時間だと感じていたのは百道浜警部のほうだけで、今日子さんのほうは、その間を、沈思黙考に費やしていたようだ。

「やはり、お金持ちなんですねえ——家というよりお屋敷じゃないですか」

そう言いながら、駐車場に停めたクルマを降りた今日子さんを追う百道浜警部——どうやら母屋のほうではなく、直接、離れのほうに向かうらしい。

家族が殺された場所になんていられないと、容疑者の三名は現在、近くのホテルに宿泊しているので、現在の横村家は無人である——しかし、許可はあらかじめ取っているとは言え、他人の家の中を堂々と歩む忘却探偵の背中には、追いつつも、近寄りがたいものがあった。

「いいなあ、お金持ち。お金持ち、いいなあ。いいなあ、いいなあ、いいなあ」

「…………」

早足で庭を歩きながら発せられるそんな呟きを、果たして人間味や人間性と解釈してもいいものかどうか。

そんな判断を迷っているうちに、ふたりはあれよあれよと離れの中に這入り、地下室への扉を前にした——いや、扉は完全に破壊されていて、後付けされた鍵も含めて、撤去されている。

家主から鍵を借り受けるまでもなく、今の地下室は誰の侵入も拒んでいない——とは言え、廊下の先が殺人現場であることを思えば、なかなか足を踏み入れがたいものがある。

扉ではなく、見えない壁があるかのように。

だが、それも、そう感じているのは百道浜警部のほうだけで、今日子さんはまったくためらうことなく、ここまで来たのと同じペースで、かつて扉があった枠をくぐり、室内へと這入っていくのだった。

慌てて続く百道浜警部。

この地下室は、元々は物置として使われていたらしいが、リフォームされた今現在の様子は、さながら緊急時に備えたシェルターである。

なにせ、トイレはもちろん、シャワールームまで完備されているのだ——簡素なものながら、キッチンまである。

間取りは2DKか。

監禁なんてのはまっぴら御免にしたって、水と食料さえあれば、しばらくここで暮らしていくことくらいはできそうだ——あくまでも『しばらく』だが。

閉鎖環境で長期間生活すれば、精神に変調を来すという学説を聞いたことがある——被害者の横村銃児は、どうだったのだろう。手当たり次第にものを投げつけるような、気に入らないことがあれば怒鳴り散らし、時には泣きわめきさえする癇癪持ちの乱暴者が、ここで暮らすことで、悪化こそすれ、快方に向かうことがあったとは思えないが。

「まるで、ひっくり返した玩具箱《おもちゃばこ》みたいですね」

シェルターみたいだという感想を持つ百道浜警部に対して、今日子さんは地下室内の散らかりかたから、そんな印象を抱いたようだった。

確かに、足の踏み場もないような散らかりかたである。

「これは、犯行がおこなわれた痕跡ですか？　それとも、普段からこんな風に散らかっていたのですか？」

「普段から——だそうですよ。死体を発見する際に、『誘拐』されたかもしれない次男を見つけようと慌てたり、次男の死体発見後は、どこかに犯人が隠れているんじゃないかと物陰を探したりしたそうなので、散らかり具合は、多少変わっているでしょうが」

こんな風に散らかっていた部屋に紛れさせるようにして、カードキーはあったのだという。

突入した家族の誰かが、どさくさにまぎれて、ポケットに入れていたカードキーをそこに置いたのだろうか？

（僕でも知ってる、瞬間殺人とやらよりもありふれたトリックだが……）

もっとも、そのためにわざと部屋を散らかしたわけでもないだろう。

これは、整理整頓ができない被害者の生活態度の一端——あるいは、監禁はしていたけれど、面倒はちゃんと見ていたと主張する家族の、証言の綻《ほころ》びとして見るべき風景だ。

「ふう……」

と。

そこで今日子さんが、いかにもこれ見よがしにため息をついた——困ったようなと言うか、やや憂鬱《ゆううつ》そうな仕草である。

「…………？」

どうしたのだろう、らしくない。

これまで、百道浜警部がどれほど実験するようなことを言っても、まったく揺るがず、仮面のごとくにこにこしていた忘却探偵が、ここに来て、突如、アンニュイな表情を浮かべるなんて。

実際に事件現場を訪れたことで、気分が沈んだ——わけでないことは明白である。『ひっくり返した玩具箱みたい』なんてロマンチックな感想を漏らしておいて、そりゃあ通らないだろう。

じゃあいったい、何が今日子さんに、ため息をつかせたのだろう？

「あの……今日子さん？　どうかし……」

「百道浜警部って、私のこと、大っ嫌いですよね？」

心配になって、質問しかけたところに、先回りするように訊かれた——顔を起こした今日子さんは、まっすぐにこちらを見ている。

出し抜けの問いかけに、それもかなり直截《ちょくせつ》的な問いかけに、百道浜警部はパニックになる。へどもどしながら、「え、いえ、嫌いなんてことは、大っ嫌いなんてことは、まったく——」と言い訳する。

言い訳。まさしく言い訳だ。

これまで、さんざん不自然な態度を見せておきながら、何をかいわんやである——『嫌い』なのではなく『怖い』のだと言い張ることに、意味があるとは思えない。

前置きもなく串刺しにされた死体の写真を見せただけで、悪意の証拠としては十分だろう——悪意なんてまったくなかったのだが、それこそ、何の言い訳にもなるまい。

だが、どうしてここで、今日子さんがそんなことを切り出してきたのかは、謎だった。これまで四度、事件を共にしてきた際は、同様に気付かれていたに違いない百道浜警部のよそよそしい態度に（実際には『おどおどした言動』に）、言及することなど一度たりともなかったのに。

それが、どうして今回に限って？

忘却探偵は、人間関係の構築よりも、事件の解決を優先するはずじゃあなかったのか？

さすがに笑顔こそなかったものの、返答を待つ今日子さんの表情は、穏やかなものだった
——垣間見せた憂鬱そうな雰囲気は、見間違いだったかのように消え去っている。

結局、正面からの質問をひらりとかわせる調子のいい返答なんて思いつくはずもなく、「ど、どうしてそんなことを訊くんですか？」と、訊き返すしかなかった。

「そ、それが、事件に何か関係があるんですか？　僕があなたのことを、怖が……、嫌っているかどうかなんて、あなたにとっては……、探偵にとっては、どうでもいいことでしょう？」

ほとんどイエスと言ってしまっているような逆質問だったが、これが百道浜警部の精一杯だった。

「いえ、どうでもよくはありません。事件を解決するために、この確認はどうしても必要なことです——そして今、欲しかった答はいただきました」

得心しました、と言った。

さっぱり意味がわからない。

百道浜警部が今日子さんを、嫌っているか（怖がっているか）どうかが、どうして事件の解決にかかわってくるというのだ？

「もちろん、掟上今日子は探偵ですからね。暴かれたくない秘密を探る、知られたくないこ

とを知ろうとする、探偵です。嫌われるのは仕事のうちだと心得ております——嫌われても平気ですし、あはは。どうせ、明日になったら忘れちゃうんですから」

「…………」

嫌われるストレスから無縁でいられるというのは、羨ましい話である——そこは怖いのではなく、素直に羨ましい。

「たとえ見事に事件を解決したところで、名探偵は推理小説の世界とは違って、『明智《あけち》先生、ばんざーい』とはいかないでしょう——むしろ、この場合、あなたには、私を嫌ってもらっていないと、困るのです」

「こ、困る……？　嫌ってもらっていないと？」

いよいよ意味不明だ。

胸中を見抜かれた困惑を隠しきれずにいると、

「だって、今回の事件、私への嫌悪感がないのだとすれば、私の事務所に依頼があったとは考えにくいからです。言い換えるならば」

探偵に対する嫌悪感が目を曇らせているとでも考えなければ、警察官であるあなたにこんな見え透いた事件を解決できないわけがないからです——と、今日子さんは言った。

「み——見え透いた事件？」

何を言っているのだ？

好きだから依頼があったと仮定するならともかく、嫌いだから依頼があったと考えたほうがしっくり来るだなんて——それはいったい、どういうセンスなのだ？

「見え透いた事件です。警察官はもちろん、専門家でなくとも容易に解決できるほど簡単な、見え透いた事件——ただし、えげつない。解決するのが嫌になるくらい——かかわり合いになりたくないと思うくらい。だから、あなたは嫌っている私に依頼をした——嫌いな私に解決させたかった。そうとでも勘繰らなければとても、納得できないくらいに、ここで用いられたのはシンプル極まりないトリックなんです」

そう言って、今日子さんは部屋の中を移動して、まさしく被害者の横村銃児が串刺しにされて殺されていたベッドの脇で、足を止めた。

そしてその枠組みに、そっと手を置く。

「え……、じゃ、じゃあ、今日子さんには、もう犯人が用いたトリックがわかったって言うんですか？」

現場に踏み入って、まだ五分と経っていないのに？　いや、それ自体は最速の探偵にとっては、決して珍しいことではないけれど——しかし、今日子さんは、「いえいえ」と首を振る。

「使われたトリックを直感できたのは、ここまでの道程、パトカーの中で百道浜警部から写真を見せていただいたときですよ——一目瞭然に」

「一目瞭然……」

「はい。百聞は一見に如かずではなく、一目瞭然でした」

「…………」

だから、そこから無言になったのか？　あれは密室の謎を解こうとしていたのではなく、既に真相検証の段階に入っていたのか。

ただ、現場を訪れる以前に、部屋の全景もわからないような、死体の写真を見ただけで、密室トリックを看破したというのは——

（——怖い）

「誰にでもわかるトリックでした。私がその後考えていたのは、どうしてこんな見え見えの事件を、百道浜警部は自分で解決しないんだろうということでした——でも、それは、解決編を私に押しつけようとしたのだとすれば、何の疑問もありません」

そんなよくわからない理由で勝手に納得されても、コメントのしようがなかった——だが、まさしく、その点なのかもしれない。

『頭の良さ』に限って言うなら、自分は今日子さんと大差ないはずと考えている百道浜警部にとって、どうして自分に解決できない事件を、今日子さんは解決できるのか。

その疑問こそが、長らく百道浜警部が抱えていたものと、まったく同じものだった。

（だけど、その理由が、僕が今日子さんに『解決編を押しつけようとした』からというのは、どういうことなんだろう——）

組織外の人材に助けを求めることに躊躇するべきではないという主義を持っている百道浜警部ではあるけれど、警察官として、自分で解決できるなら、解決したほうがいいに決まっているのに。

混乱から立ち直れないでいるうちに、しかし、最速の探偵はそそくさと、その『解決編』に入るのだった。

「カードキーの記録による密室。扉は鉄製、窓はなし。前日の夜から、当日の朝まで、容疑者と目される三人の家族も含め、何者かが地下室に侵入した形跡はなし。しかし死亡推定時刻は夜半だと思われる。突入時、扉は物理的に破壊され、発見された死体はベッドに串刺しにされていた——事件の概要を私なりにまとめさせていただきましたが、他に付け加えることはありますか？」

「い、いえ」

車中、自分がだらだらと説明したことを、そう端的にまとめられてしまうと依頼人として立場がないが。

「最初は、突入時の混乱に乗じて、ベッドの上の被害者を刺したという、瞬間殺人を疑いましたが、死亡推定時刻からそれは考えられません——ならば結論はひとつです」

そこまで言われても、まったくぴんと来ない百道浜警部の戸惑いは、回復するどころか、加速する一方だった。

「どうかご謙遜《けんそん》なさらず。なぜなら、百道浜警部は、既にぴんと来られているのですよ——さっき、仰っていたじゃないですか。カードキーが発見された経緯について——部屋の中で発見されたカードキーは、犯人がわざとインキーしていったのではなく、事件発覚時に、三人の容疑者の誰かが、こっそり部屋に置いたのかもしれない、と」

仰って――は、いない。思っただけだ。

それを見抜かれただけだ。

そんなとても推理とは言えない初歩的な発想が、いったいどうしたというのだろう。

「カードキーの紛失と発見についての真相は、他にも幾通りか、考えようがあることも事実です――ですが、そのトリックの発想自体は、犯行手段にも、応用することができると思いませんか？」

「応用――」

「犯人は密室の中で被害者を刺し殺したのではなく、密室の外で刺し殺したのです――夜中に。そして、扉を壊して中に這入ったとき、被害者や犯人を捜す振りをして、死体をベッドの上に、凶器ごと配置した」

串刺しという殺しかたを選んだのは、いかにも犯行がこのベッドでおこなわれたかのように見せかけるためだったんでしょうね――と、今日子さんは言った。

「死体を――密室に、後付けした？」

最新鋭の鍵を、古い地下室の扉に後付けしたように――

「つ、つまり犯人は、最後に被害者と会った、母親ということになるんですか？　夕飯を下げたときに、連れ出して――犯行は自室かどこかでおこなわれた、と？」

「そういうことになりますね。おそらくは単独犯です――三人で口裏を合わせれば、こんな綱渡りみたいなトリックを用いるまでもなく、もっとスマートなごまかしかたがあったはずですからね」

「だ、だけど、人間ひとりの死体を、他のふたりにばれないように密室の中に運び込むなんて――」

「ええ。とても簡単なことでしょう？　簡単で、見え透いています。だけど」

そう言って今日子さんは、ベッドの枠から手を離した――べ、ビーベッ、ド、の枠から。

「だけど――とてもえげつない」

8

そうとわかってみれば、なんてことはなかった――というのは、推理小説の常套句らしいが、しかし、今回のケースにおいては、そうわかる前から、なんてことはなかったのだと、百道浜警部は痛感した。

屈辱的なまでの単純さだ。

それ以外の解決なんてありえない――ただ、そんな単純で、しかしえげつない現実を、心理的に受け入れられるかどうかというだけの問題だった。

えげつない現実。

とは言え、それは同時に、ありふれた現実でもあった。

手がつけられないほど乱暴で、気に入らないことがあればわめき散らす、コミュニケーションさえ成立しない、身の回りの世話をすべて求めてくるような存在を――つまりは生まれたばかりの赤ん坊を、育児に疲れた親が、追い詰められた末に手にかけてしまうような悲劇は、世界中にありふれている。

目を覆いたくなるほど。

見たくない現実だ。

現実の殺人事件は、推理小説のようなエンターテインメントではなく悲劇なのだ——と、忘却探偵に対してつくづく言いたかったけれど、しかし、その悲劇を直視できなかったのは、むしろ百道浜警部のほうだった。

名探偵という、ほとんど虚構であり、架空のイメジャリーである存在に解決をゆだねることで、そんな悲劇を、いっそエンターテインメント化してしまおうなんて心の働きさえ、あるいはそこにはあったのかもしれない——否。

やはり、押しつけたのだ。

解決編を——自分以外の人間に押しつけた。

口にするのも嫌なほど、言いにくいことを言ってもらおうとした。

「百道浜警部のお話を伺っていると、まるで被害者の横村銃児さんが、成人しているのに働きもせずにご両親のお世話になっている上、家庭内暴力を振るっているような印象を受けて、私もかなり混乱しましたが——殺人現場の写真を見せていただいたときに、すべてがわかりました」

今日子さんは、推理の経緯を——彼女いわく、『思いの外時間がかかってしまった経緯』を、ん坊の写真である。

そう説明した。

殺人現場の写真——死体写真。

ベッドに串刺しにされた被害者の写真——すなわち、ベビーベッドに串刺しにされた、赤ん坊の写真である。

直視できないどころの画面ではない、地獄絵だ。

すべての可能性を網羅するように自殺の可能性を疑う名探偵に、『こんな赤ん坊が、こんな風に自殺すると思いますか？』と言いたくて、いや言えなくて、見せた写真だったけれど——いきなりそんなものを見せられても何の反応もしなかった今日子さんだったが——その一方で、その写真によって、彼女はきっちり真相に到達していたわけだ。

百道浜警部の話の、あやふやな部分をそれでアジャストした。

更にその一方で、『かなり混乱した』というのも、また事実なのだろう——それ以前のちぐはぐさも、そしてそれ以後のちぐはぐさも。

被害者が、まだ『子供』とも言えないような赤ちゃんであると、当然知っているはずの百道浜警部が、未だ真相にたどり着いていない理由を、考察する必要が生まれたからだ。

その理由は、その凄惨な死体写真を——即ち、ことの真相を、百道浜警部は直視することができなかったからであり、それゆえに、彼は置手紙探偵事務所に捜査を丸投げしたのだった——解決編を探偵に押しつけて、真相と向き合うのを、他人任せにしたのだった。

家族内の問題に深入りしたくなかったし、気の毒な人達から距離を取りたかったし、そんな酷い真相にたどり着けるような、人間味のない人間だと思われたくなかった。

感情のある人間で――情にあふれた人間でいたかった。

自分が言いにくいことを、『大っ嫌い』な忘却探偵に代弁させようとした――そう理解したとき、今日子さんにとって、謎はなくなったのだろう。

もっとも、そこまで悪辣《あくらつ》なことを考えて依頼したという自覚は、百道浜警部にはない――そんな風に何もかもを悪意みたいに解釈されると、さすがに誤解だと釈明しないわけにはいかない。

ただ、恐怖を覚えざるを得ないほどに人間味のない、システマティックな捜査手法を取る最速の探偵ならば、えげつない事件も、えげつない真相も、平気なんじゃあないかと決めつけたのではないかと言われれば、その通りだ。

「細かい点を補足させていただきますと……、いくらちっちゃな赤ちゃんとは言え、他のふたりに気付かれないよう隠し持つのは、たやすくはないでしょう。なので、深夜に殺害したのちは、あらかじめ離れのどこかに隠しておき、父親と長男が鉄扉を壊すための道具を、『その辺』から探す際に、服の中に潜めたのでしょう――もちろん、不自然なシルエットになります。心臓を串刺しにした刃物も隠し持たねばなりませんしね。だけど、扉を壊すことに躍起になっている男性陣の、当然、後方に控える形になりますから、気付かれることはありません」

いや、気付かれないかどうかは、微妙なラインだろう――大人の死体を隠し持つことに較べれば格段に難易度は下がるとはいえ、それでも、人間の身体を隠し持つというのは――いや、身体ではなく、死体か。

物言わぬ死体。泣き喚くことも、暴れることもない死体。

出産するまで周囲に妊娠していることを気付かれなかったという例もあるし、その辺りの具合は一概には言えないにしても、その場はしのげても、あとから気付かれたのではないだろうか。

結果的にうまくいった風に見えても、巧みなトリックであるとは、とても言えない――夕飯を下げたとき、寝ついたところを連れだしたのだとしても、殺害するまでに目をさまし、泣き喚かれたら段取りはおじゃんだ。

おじゃんになっていたほうがよかっただろうし、それを望んでいたかもしれないけれど――なんにしても、隙の多い、いつ露見してもおかしくないような大雑把なトリックである。

綱渡りと今日子さんは表現したが、まさしくだ。

だとすれば、父親と長男は、共犯者でこそなくとも、母親を庇っているのかもしれない――歳を取ってから生まれた次男の育児のためにリタイアした父親も、自身は殺されることなくそこまで育ててもらえた長男も、母親を責める気にはならなかったのだとしても、不思議はない。

我が子を地下室に隔離し、半ば監禁するような虐待を、日常的におこなっていた点から考えても、母親はノイローゼのような状態にあったと見るべきで――ならば単純に、同情に値しないと切って捨てるわけにもいくまい。

ただ、そんなのは、直に本人に接した、百道浜警部個人が持つ感想であって、この事件が公になれば、母親は、ろくに育児もしなかった挙句に、衝動的ではなく『緻密な計画』に基づいて、我が子を串刺しにした妖怪変化のような母親として、取り上げられることになるのだろう――『同じ悩みや苦しみを抱えながらもしっかり育児をおこなっている人もいるのに』なんて、紋切り型の非難を、囂々《ごうごう》と浴びることだろう。

そのきっかけにはなりたくなかった。

なりたくなかったから。

(だって、そうじゃないのに。妖怪変化なのは、むしろ、そんな母親を、ただシステマティックに、犯人だと名指ししてのけた――)

いや。

ひょっとすると、そうじゃないのかもしれない。

「さて、それではあとのことはお任せしますね、百道浜警部。帰りは送っていただかなくても大丈夫ですよ。お手数おかけしました――次回のご依頼の際は、是非、覆面でないパトカーに乗せてください」

と、『解決編』を終えるや否や、そそくさと帰ってしまった忘却探偵の態度を、百道浜警部から嫌われているという勘違いゆえのものだと思ったけれど――しかし、もしかしたらあの最速の帰宅は、一刻も早く、セキュリティが確保された自宅兼事務所に戻って、ぐっすりと眠りたいという気持ちの表れだったのかもしれない。

一刻も早く。

今回の事件の概要や、見せられた写真を忘れたいという気持ちの表れだったのかもしれない。

外見に騙されて、そんな人間味を、未だに彼女に期待してしまう自分は、きっと果てしなく愚かなのだろう――しかし、もしも探偵であるために、名探偵であるために、今日子さんは捜査中、そういった柔らかい感情を力ずくで押さえ込んでいるのだとすれば。

己が人間性を密室に監禁しているのだとすれば。

そんな恐るべき実験結果はないと、思うしかないのだった。

第四話

掟上今日子の筆跡鑑定

1

遊佐下《ゆさか》警部は、名字に冠している一文字に反して、とことん仕事一辺倒の男だった。なので、同じく『遊』の一文字を頭文字としている施設、すなわち遊園地という場所には、これまでまったくと言っていいほど無縁だった。むしろ自分には不似合いな場所として、十代の頃から意識的に避けてきたくらいだ。

なのでこのたび、仕事で――つまりは殺人事件の捜査で、地域最大の遊園地を訪れることになったことについて、最高にご機嫌というわけにはいかなかった。

まして、その遊園地のシンボルともいえる巨大な観覧車の前で、あ、あの忘却探偵と待ち合わせをしているというのだから。

「初めまして、探偵の掟上今日子です……、お待たせし……、お待たせ……しました……？　え……？　こ、この、私が……？」

待ち合わせ時間よりも早く、待ち合わせ場所に姿を現した白髪の探偵は、それよりも更に先んじてその場に来ていた遊佐下警部の姿を認めるや否や、さながら消失系の不可能犯罪に直面したかのように、愕然としていた。

白髪と比べて遜色《そんしょく》ない、顔面蒼白《がんめんそうはく》。

ネルシャツに七分丈のワイドジーンズ、スニーカーという、動きやすそうなファッションは、遊園地と非常にマッチしていたが、そんなコーディネートが頭に入ってこないくらいの、あからさまな愕然っぷりだ。

忘却探偵と仕事を共にする上での二大タブーのうちのひとつを、うっかり犯してしまったしまった。

――ふたつのタブーのうち有名なひとつは、彼女、今日子さんは一日ごとに記憶がリセットされる、世にも珍しい守秘義務絶対厳守の探偵なので、たとえそれまでに一緒に捜査をしたことがあっても、そのたび初対面の『初めまして』を装わなければならないというものだが、意外と知られていないタブーがもうひとつあるのだ。

待ち合わせに今日子さんより早く来てはならない。

むしろわざと遅れるくらいのエチケットが必須《ひっす》とされる。

もちろん、時と場合によりけりではあるが、自分よりも早く行動する者を前にすると、今日子さんは動揺したり不機嫌になったり、酷いときには敵意をむき出しにすることさえあると聞く。

「ふ、ふふふ。最速の探偵よりもスピーディに現場にいらっしゃるとは、なんともかとも。私が最速の探偵ならば、我こそは最速の刑事だと言わんばかりではありませんか」

勝手にめらめらと、対抗意識を燃やされていた。

どうやら、今日は『酷いとき』らしい。

いや、最速の刑事を名乗るつもりなんて更々ない――不慣れな遊園地をおとなうにあたって不手際がないよう、念には念を入れて早入りしていただけで、スピードで今日子さんと競おうなんて気はない。

出会い頭にひきつった笑みを浮かべられても困る——むしろ遊佐下警部は、同僚からは鈍重と揶揄《やゆ》されるほどに、じっくりと捜査に臨むタイプの刑事である。

この『初対面』での『第一印象』をどう取り繕ったものか、とりあえず謝っておいたほうがいいんだろうかと思ったが、

(まあ、これはこれで——)

と、遊佐下警部は切り替えた。諦めたとも言える。

(——なにせ、今回はその『速さ』に対するこだわりを遺憾なく発揮して欲しくて、決して俺の捜査スタイルと相性がいいとは言えない忘却探偵に、おいでいただいたんだから)

「いいでしょう。その挑戦、受けて立ちましょう」

受けて欲しいのは挑戦ではなく依頼なのだが、とりあえず遊佐下警部は、「よろしくお願いします」と言うのだった。

2

「ええっと——まず、訂正させていただきますと、この遊園地が現場、つまり、事件現場というわけではありません」

とりあえず観覧車の前から移動し、園内のカフェテリアでテーブルについたのち、遊佐下警部はそう切り出した——今日子さんはまるでやけ酒のごとくLサイズの紙コップに並々と

つがれたコーヒーを飲みつつ、「事件現場ではない？」と、首を傾げる。

「では遊佐下警部は私を騙したのですか？」

敵意がすごい。

遅刻して怒られるならばまだしも、どうして待ち合わせに先んじてしまったことで、ここまで強烈な怒りを買わなければならないのだろう。Lサイズのコーヒーだって、遊佐下警部の奢《おご》りなのに――しかし、ブラックコーヒーをLサイズとか、見ているだけで胸が悪くなりそうだ。

「私を騙してまで最速を名乗ろうとは……、スピードキングの名は伊達《だて》ではありませんね、遊佐下警部」

スピードキングなんて呼ばれていない。

鈍重と呼ばれているのだ。

そんな不名誉なニックネームを、たとえ明日忘れられるとしても、わざわざ自ら公表する気はないが。

「事件現場は他にありまして……、言うまでもなく、殺人事件です」

「ふむ」

眼鏡の奥のにこにこ笑顔がひきつっていた今日子さんの顔が、にわかに引き締まる。この辺りは、さすがはプロと言ったところか。できればそのまま、スピードキングの件はなかったことにして欲しい。

「この遊園地からほど遠い場所で、事件は起こったと考えてください——ある人物が、ある人物を殺しました」

「？　ぼかしますね。ほど遠い場所？　ある人物が、ある人物を？　……具体的に言っていただいて構いませんが。お忘れかもしれませんけれど、私、忘却探偵ですので」

それはわかっている。

どんな機密情報を話そうと、それを明日には綺麗さっぱり忘れてしまう、情報漏洩のリスクがほとんどない探偵——だからこそ置手紙探偵事務所は、警察御用達《ごようたし》の探偵事務所であり続けているのだ。

ただ、それでも、用心に越したことはないと思うのが遊佐下警部だった。『どうせ忘れるのだから』と、なんでもぺらぺら喋るものではない——外部の人間に話すのは、あくまで最小限の情報にとどめるべきだ。

情報漏洩のリスクが『ほとんどない』ということは、『少しはある』という意味と、同義なのだから。

看過できない。

この辺りが彼が、『鈍重』と称される由来でもあり、忘却探偵との相性の悪さでもあるのだが。

もっとも、過去の『相性の悪さ』を忘却している今日子さんは、

「ははあ。まあ、それも見識ですね」

と、むしろ納得したようだった。

「しかし、アクセスできる情報を制限されてしまいますと、当然ながら、仕事の出来不出来に影響が出ることになります……、ちゃんとお手伝いさせていただけますかどうか」

「いえ、もちろん、必要なことは、すべてお話しするつもりです。俺が今回、今日子さんに期待しているのは、忘却探偵としての能力ではなく、最速の探偵としての能力のほうですから」

「なるほど。最速の刑事として、最速の探偵と競いたかったと」

だから最速の刑事ではない。

対抗意識をリセットして欲しい。

「一刻も早く事件を解決しなければならない理由があるということですか？　時効が迫っているとか」

「殺人事件の時効は、最近、廃止されました」

「あら。そうでしたか。栄枯盛衰ですねえ」

栄枯盛衰を、時効のあるなしから判断されても戸惑うばかりだけれど、それはともかく、取り立てて事件の解決を急いでいるというわけではない——いや、当然、早くて悪いということはないのだが、遊佐下警部は拙速よりも巧遅を尊ぶ。

ならば、より一層どうして、緊急事態にのみ呼び出される掟上今日子に、捜査協力の要請をしたのかとなるが——

「当該事件の容疑者はほぼほぼ特定されています。仮に、容疑者Aとしておきましょう」

「わかりました。容疑者Aさんですね」

遊園地でイニシャルトークなんて十代の頃に戻ったようですと、今日子さんはほのぼのしたことを言った——記憶がリセットされる忘却探偵も、十代の頃のことは覚えているのだろうか？

今日子さんが十代の頃だって、もうイニシャルトークなんて言葉は死語だったと思うし、そもそもAと言うのは、イニシャルでもないのだが。

「でも、容疑者Aさんが、被害者Aさんを殺した現場は、この遊園地ではないのですよね？」

「はい」

確認するような今日子さんに、遊佐下警部は頷く——被害者のイニシャルもAにされるとこんがらがりそうだが、まあ、よしとしよう。この上、殺人事件の現場のほうを、現場Aとか言い出したら、さすがに止めるけれど。

「俺としては、容疑者Aは、まず犯人に間違いないと考えています。数多くの証拠が、彼、もしくは彼女が殺人犯であることを示しています」

性別をぼかすために『彼、もしくは彼女』という言いかたをしたけれど、これはさすがにぼかし過ぎだった。今日子さんもきょとんとしている。『初対面』なりに、向こうもそろそろ相性の悪さを感じ始めているのかもしれない。

「しかし、容疑者Aは犯行を否認しています。彼、もしくは彼女は、アリバイを主張していましてーーそれを無視するわけにはいきません」

「アリバイ……ですか」

「はい。容疑者Aは、凶行がおこなわれたとおぼしき時刻には、この遊園地に遊びに来ていたと言うのですーー」

遊佐下警部の言葉を受けて、今日子さんはぐるりと、周囲を見渡したーー平日の昼間なので、身動きが取れないほどに混雑しているということはないが、それでも、結構な人出だ。

「ふむ。だから、ここで待ち合わせたわけですかーー私よりも早くいらしていたわけですか」

いや、早く来ていた理由は、不慣れな場所だったからだ。

不慣れと言うより、不本意である。

本音を言えば、こんな華やかな場所からは一刻も早く帰りたいーーまあ、そんな本音を言えば、『帰りまでも早く⁉』と、最速の探偵から責め立てられかねないが。

「つまり、このたびの依頼内容は、アリバイの確認ーーもっと言えば、アリバイ工作の有無の確認、いわゆるアリバイ崩しですか」

「大まかに言うとそうです」

と、遊佐下警部。

理解の速さを誉めそやすことで、スピードについての対抗意識を少しでも攪拌《かくはん》させようという、彼なりの作戦だったのだが、

「『大まかに言うと』ということは少しは違うのですか？」

と、追及してきた。

これも敵意のなせる業なのかもしれない。

前回まで以上にやりにくい。

「ええ、大まかにではなくこまかに……、もとい、細かく言いますと、今日子さんにチャレンジしていただきたいのは、アリバイ崩しというより、脱出ゲームなのです」

「脱出ゲーム？」

「遊園地にはつき物の、謎解きイベントですね。今日子さんにはこれを、最速でクリアしていただきたいのです」

3

勢い『遊園地にはつき物の』とは言ったものの、しかし遊佐下警部はこの殺人事件を担当するまで、そのようなイベントが全国的におこなわれていることを、寡聞《かぶん》にして知らなかった。

最近になって勃発《ぼっぱつ》したブームらしい。

最近になって勃発したブームということは、すなわち、忘却探偵もまた、把握しているはずのない情報ということであり、ここでいくらかの説明が必要となった。

とは言え、あの手の謎解きイベントは、名探偵の登場するタイプの推理小説と非常に相性がいい——少なくとも、遊佐下警部と今日子さんよりは、ずっと相性がいい。

忘却探偵という名探偵が、遊佐下警部にしてみれば非常に不可思議な『遊び』について、「なるほどなるほど」と納得するまでに、さほど時間は要しなかった。

「パズル、暗号……、密室状況、あるいはクローズド・サークル。脱出のためのアイテム探しは証拠探しに通じるものもありますし、確かに、名探偵がしっくりくるようなイベントですね」

「……ま、まあ、あくまでも、アミューズメント施設の中の、エンターテインメントらしいですけれどね？」

あまり脱出ゲームそのものに津々《しんしん》になられても捜査活動の本筋からズレてしまうので、遊佐下警部はあえて今日子さんの興を削ぐようなことを言った。実際には、本格的なものはかなり本格的だと聞いている——推理小説の愛読者に『本格的』なんて言ったら、ますます論点がズレてしまいそうなので、その注釈は控えるが。

「容疑者Aは、事件発生当時、この遊園地で現在開催されている脱出ゲームに、参加していたということです。つまり、そのゲームに参加していた以上、該当の時間に殺人を犯すことはできなかったと主張しているのです」

「ふむ。絵にかいたような不在証明ですね——ちなみに、容疑者Aは、おひとりでそのイベントに参加されていたのですか？　つまり、アリバイを証言してくれる友人や恋人は、いらっしゃるのかという意味の問いですが」

「いえ、単身での参加だったそうです」

「おひとりで遊園地に。まあ、イメージほど珍しくもないのでしょうが」

「はい」

団体でも遊園地に来たことのない遊佐下警部には、ほとほと理解に苦しむとは言え。

「特に容疑者Aは、その手の謎解きイベントのマニアだったそうで――ものによっては、団体で挑む、チームワークが問われるようなゲームも多いそうなのですが。その場で顔を合わせた初対面同士でチームを組んで、ゲームに挑戦するとか……」

「ふむ。それはなかなか楽しそうですね。初対面の相手と一体になって、難問に挑むとなると素敵な出会いもありそうです――まさしく今、私がやっていることでもありますね」

素敵な出会いにならなかったのが残念だと言わんばかりだ。

待ち合わせに先着するというのは、そこまでの罪なのだろうか。

「もしも容疑者Aさんが趣味で参加したのではなく、アリバイ工作のためにイベントを利用したのだとすれば、許されざる侮辱と言ってもよいでしょう」

名探偵として謎解きゲームに共感したのか、まだ概要も教えられないうちから、そんなことを言う今日子さんだった――まあ、遊佐下警部からすれば、そういった熱意は好都合であるとも言える。名探偵のキャラクター性次第では、『現実の殺人事件ではない作り物の謎になんて、まったく興味はない』と言われていても、おかしくない局面だったのだから。

(本来的には、現実の殺人事件のほうにこそ、なかなか謎なんてないんだけれど……)

今日子さんがひねくれていないタイプの名探偵でよかった。

「しかし、遊佐下警部。素直に解釈するなら、犯行時刻にアリバイがあるのならば、容疑者Aさんは、犯人ではないということになりませんか？」

「ええ。もちろん、彼、もしくは彼女が犯人でないと言うのならば、それはそれでいいのです。と言うより、それならそれを一刻も早く明らかにし、捜査方針を変えなければなりませんから」

「一刻も早く、ですか」

さすがは最速の刑事ですね、と、当てこすりのようなことを言ってくる今日子さんだった――ひねくれていない分だけ、ストレートに感情をぶつけて来るようだ。

何事も一長一短である。

「ただ、アリバイ崩しの余地はあるんです。というのも、脱出ゲームにかかる時間は、人によりけりですから――いわゆるクリア時間ですが」

「スピードレースということですか？　あるいは、リアル・タイム・アタックですかね」

リアル・タイム・アタックというのは、コンピューターゲームの用語だったはずだけれど、この場合は意味を外していない。むしろ、そのアタックに挑戦して欲しくて、遊佐下警部は今日子さんを、この遊園地に呼んだのである。

「容疑者Aのアリバイが、かりそめにも成立しているのは、ここで開催されている脱出ゲームの平均クリア時間の目安が、二時間だからなんです。言い換えれば、プレイヤーは脱出ゲームに参加することで、およそ二時間の間、この遊園地内に拘束されるわけです」

「高速？」

名探偵の目がぎらりと光る。

そんなところで光らされても。

「拘束です。バインドです」

「あら、そうでしたか――早とちりでしたね、最速の探偵だけに」

そんな『だけに』はいらない。

「しかし、『平均』とおっしゃいましたね？　『およそ』とも。つまり、プレイヤーの才覚次第では、二時間よりも早く、ゲームをクリアすることもできるのでは？」

「ええ。逆に、二時間よりも遅く、クリアまで時間がかかることもありますし――クリアできずに、閉園まで時間を使い切ってしまうこともあります」

まあ、実際には、誰もが閉園まで粘るかと言えばそんなことはなく、途中でギブアップを選ぶことになるだろうが。平均二時間というクリア時間は、あくまでも、クリアできた者だけで集計した平均値のはずだ――クリア率自体は、相当低いはずである。

「そもそもクリアするだけでも難しいというわけですね。容疑者Aさんは、クリアされたのですか？」

「ええ。一時間半でクリアしたと、本人は供述しています」

「平均を大幅に上回っているわけですね。お見事。さすが、マニアを自負するだけのことはあります――でも、この場合、早くクリアしたことは、容疑者Aさんにとっては、決していいことではありませんよね？　それによって、自身のアリバイが不成立になってしまいかねないのですから」

「その通りです——ただし、本人が主張する一時間半のクリア時間では、まだアリバイは成立します。この遊園地から犯行現場まで、かかる時間を考えれば、脱出ゲームは一時間以内でクリアしなければなりません」

「一時間以内」

神妙に頷く今日子さん。依頼内容を察したらしい。

しかし一応、遊佐下警部は、はっきりと言葉にしておくことにした——最速の刑事にあるまじき、念の入れようである。

「ですが、容疑者Aは、参加したプレイヤーとして、一時間以内はおろか一時間半を切るタイムでだって、クリアすることは不可能だと言い張っています——だから自分のアリバイは盤石《ばんじゃく》なのだと。なので、今日子さんには最速の探偵として」

この遊園地の脱出ゲームを一時間以内のタイムでクリアしていただきたいのです。

4

厳密に言えば、たとえ『容疑者A』の主張する、『脱出ゲームに参加していた』というアリバイを崩せなかったところで、事件の立件自体は不可能ではない。

緊迫性がないと判断されては困るので、今日子さんにはそこまでは話さなかったが、実のところ、容疑者Aは既に逮捕されている。アリバイを主張しているとは言っても、そのアリバイの証人がいるわけでもないのだし、このまま起訴に持ち込むことに、言うほどの難はない。

それでも遊佐下警部が送検を保留し、忘却探偵にアリバイ崩しの依頼をしたのは、彼の鈍重、もとい、慎重な性格ゆえである。

本人は犯行を、一貫して否認しているわけだし、もしも裁判の段階になってから、証人や新たな証拠が登場するというような、どんでん返しにあわされては困る。

立件するなら、一分の隙もなく立件したい。

犯人から、あらゆる言い訳の余地を奪いたい。

法を犯した者から『あいつらは適当な捜査をしやがった』と逆恨みされることに耐えられないというわけでもないし、逆に『ちょっと違和感があるけどまあいいや』で、いい加減に立件される容疑者の身をおもんぱかっているというわけでもないが——どんな事件だろうと、どんな違和感だろうと、ないがしろにはしたくない。

もしもその『資格』があれば、遊佐下警部自ら脱出ゲームに挑むのだが、残念ながら、彼は遊園地自体に教養がない——その上、遊佐下警部は、容疑者Aの主張するアリバイについて吟味する際、脱出ゲームの内容を知ってしまった。

いわゆるネタバレである。

この状態で挑めば、クリアタイムが一時間を切ってしまうのも当然である——これでは何の証明にも、アリバイ崩しにもならない。あくまでも、ゼロベースの状態でゲームに挑み、一時間以内で『脱出』できることを証明しなくてはならないのだ。

しかし、これが案外難しい。

いや、チャレンジの内容自体も難しいが、『ゲームの詳細を知らない』という前提条件を満たすことが、とても難しいのだ——なにせ、大型遊園地の中で開催されている、人気イベントである。一日あたり、多いときには数千人が参加している——ゲームの内容を漏らさないのは参加者として最低限のマナーだが、しかし、現代社会において、完全なる秘密保持は不可能である。

遊佐下警部の部下の中には、その手の謎解きイベントに練達した者も決していないではなかったけれど、たとえその刑事が一時間以内のクリアタイムを達成したとしても、『どうせインターネットで調べるなりして、答を事前に知っていたんじゃないの？』という疑いからは逃れられない。

警察官が容疑者から疑われてどうするのだという話だが、直接的な答ではないにしても、事実、裏付け捜査中に予習ができてしまった遊佐下警部としては、その可能性を無視することはできない。

そこで白羽の矢が立ったのが忘却探偵だった。

一日で記憶がリセットされる忘却探偵ならば、予習もネタバレも、へったくれもない。

極論、彼女が昨日、この遊園地の脱出ゲームに参加して、そしてイベントをクリアしていたとしても、『今日の今日子さん』は、その内容はおろか、参加したこと自体、覚えていない。完全なる白紙状態である。

なので、もしも今日子さんが、今日これから問題の脱出ゲームに挑み、アリバイが不成立になるようなタイムを達成すれば、同時にそれは、容疑者Aの犯行が確定する。

少なくとも時刻表の上では。

まあ、そのときはそのときで、最速の探偵と同じタイムを、果たして容疑者Aが達成できるのかどうかという逆の見方も生まれるかもしれないけれど、しかし、謎解きゲームマニアの容疑者Aと、脱出ゲームについては門外漢でも、ミステリーマニア（現実）である名探偵ならば、条件はおよそ同等であると、遊佐下警部はジャッジする。

いい勝負だろう。

むろん、勝ってもらわなければ困るが。

「なるほど……、私が、白紙状態から謎解きイベントに挑み、出したレコードは、それはすなわち、理論上の最速値ということになりますからね。裏返せば、もしも私が一時間半以上、クリアに要するようであれば、それより早くクリアすることはできないと、理論的に証明されたようなものです。他に証拠があることを考えれば、それで即座に、容疑者Aさんが潔白であるということにはならないにせよ」

すごい自信だ。

しかし、遊佐下警部が調査した限りにおいて、今回の脱出ゲームをクリアした最速タイムは、やはり一時間半前後といったところのようだ――もちろん、ネット上には『自分は二十分でクリアした』と豪語する者もいるにはいたのだが、残念ながら信憑性に欠ける。

それを知って、容疑者Aは、一時間半という数字を主張しているのかもしれないが、今日子さんには是非とも、その『記録』を突破して欲しいものである。

「了解です。どうぞお任せください――ただし、そういうことであれば、プレイ中は、遊佐下警部には同行をお願いすることになります。私がスピードを追求するあまり、あってはならない不正行為をおこなっていないかどうか、しっかり見張っていただかないといけませんから」

「は、はい」

極端な話、不正行為をおこなおうとどうしようと、一時間以内のタイムを出してくれさえすればそれでいいのだが、そんなことを言えば、最速の探偵のモチベーションを下げることになるだろう。まあ、同行するのであれば、遊佐下警部はヒントを与えないように心がけなければなるまい。

残念ながらチームプレイの醍醐味《だいごみ》はなしだ。

「では、出発前に、二、三、確認をさせてください。容疑者Aさんが、仮にこの遊園地の脱出ゲームに参加していたとしても、一時間以内でクリアすれば、アリバイは成立しない――そういうことでしたね？　でしたら彼が……、もしくは彼女が、不正行為をおこなう余地があったとすれば、一時間半というタイムは、信頼の置けるものではなくなりますよね？」

「ん……、つまり、どういうことですか？」

「つまり、遊佐下警部がそうなさったように、事前に下調べをしてから脱出ゲームに挑んだとすれば、記録を理論値よりも短縮することができたのでは？　いえ、実際にそうしたかどうかはともかく……、誰にでもできるようなインチキをした場合の最速値が一時間を切るのだとすれば、私がチャレンジするまでもなく、容疑者Aさんのアリバイは成立しないということになりませんか？」

「あ……、はい。すみません、そこは説明不足でしたね。うっかりはしょってしまいました」

「最速を追求するためにはしょってしまったのですね」

「いえ、そんなつもりは毛頭ありません……、当初は我々も、その可能性をもって、容疑者Aのアリバイを無効化しようと思ったのですが、それは絶対にないと、言下に否定されました」

「否認している容疑者に否定されたとなると、二重否定ですね」

「二重否定ではありませんが……、容疑者Aは、マニアを自称するだけのことはあって、現在の脱出ゲームがスタートした初日の、それも開園直後に、この遊園地を訪れているというのです。言うなら、最初期のプレイヤーなのですね。つまり、まっさらの状態でプレイしたという意味でも、『今日の今日子さん』と、イコールコンディションというわけなんです」

　当然ながら、それだって、事前に情報を入手できた可能性を、完全には消せていない――遊園地の職員や、イベントの主催者と内通していれば、初日以前に、内容を把握することも、できなくはないだろう。

「ふむ。確かに、推理小説マニアが推理作家と交流を持っているように、脱出ゲームマニアならば、関係者にコネクションを持っていても、不自然ではないでしょうね——でも、もしも容疑者Aさんが、アリバイ工作のために、初日のファーストプレイヤーになったのだとすれば、その線はないのだと、暫定的に考えてもいいように思います」

「はあ……、俺も、それについては同意見ではありますけれど、今日子さんはどうしてそう思うんですか？」

ちなみに遊佐下警部がそう思うのは、マニアだからこそ、ネタバレを知ろうとは考えないだろうという判断だ。今日子さんのたとえ話に乗っかるならば、いくら推理作家と交流があったところで、落ちを先に聞こうという推理小説マニアがいるはずがないという判断である。もっとも、この考えかたには、『アリバイ工作のためなら、普段しないことでもするんじゃないか』という穴があるが……。

「容疑者Aさんの立場に立ってイメージすれば明らかです。コネクション……、特別なルートが存在するのなら、それが露見した時点ですべてが台無しになるようなアリバイ工作を、しようとは思わないでしょう。あくまでもその人間関係は、今回の殺人のためではなく、日常的で趣味的な、脱出ゲームのために築いたものなのですから」

隠蔽《いんぺい》は難しいはずです。

今日子さんはそう言った——それもあくまで仮定の話で、机上の空論でさえあるのだが、遊佐下警部の根拠よりは、いくらか当てになりそうだ。

まさか容疑者Aも、今回の殺人のためだけに、ずっと以前から、脱出ゲームにハマり続けてきたわけでもあるまい。

「質問は以上ですか？　今日子さん」

「んー……、まあ、本音を言えば、あといくつか、確認させて欲しいこともありますし、できれば事件の詳細も聞かせていただきたいものなのですが、しかし、これ以上話していると、うっかりゲームの内容に触れてしまいかねませんね。いいタイミングですし、ここまでにしておきましょうか」

会話のキリがいいタイミングだったと言うより、ちょうどLサイズのコーヒーを飲み終わったからと言うように、今日子さんは、空になったカップをテーブルに置いて、立ち上がった。

「では、これより最速で解決しましょう——改め」

最速で脱出しましょう。

挑戦的な笑みで、今日子さんはそう言った——いや、だから、俺に挑戦されても困るんだって。

5

それに関しては素人である今日子さんにわかりやすく説明するために、ここまで『脱出ゲーム』という広義の言葉で説明してきたが、正確を期せば、この遊園地で開催されている謎解きイベントは、『ベイカー街の追跡』と題されている——なので、『追跡ゲーム』というのがより正しい。

角書《つのが》きは、『教授からの置手紙』である。

プレイヤーは、ベイカー・ストリート・イレギュラーズの一員で、シャーロックホームズの宿敵であるモリアーティ教授を追うという設定になっている。

まあ、役どころが名探偵そのものでないのがニアピンという感じだが、現実の名探偵である掟上今日子が挑むには、いくらか分のある世界観だと言えよう——と言うより、その世界観ゆえに（あるいはそのもの『置手紙』というキーワードゆえに）、遊佐下警部は、忘却探偵への依頼を思いついたといったほうが、順番通りだ。

遊園地の一角をベイカー街に見立てて、シャーロックホームズとワトソンが暮らしたシェアハウス、その三階から、ゲームはスタートする。

（謎解きイベントのために、街をひとつ再現し、建物を一棟建ててしまったんだから、大がかりなのか、酔狂なのか——）

どちらかと言えば酔狂のほうだろう。

遊園地とは、土台、そういう施設なのかもしれないが。

「なるほど。今回は、この一角をベイカー街に見立てていますが、イベントごとに、設定を自由に変えられるようになっているのですね——このビルディングも、今回はホームズさんの事務所に見立てていますが、館にも、学校にも見立てられるようになっている――ふむふむ、面白いです」

今日子さんは、単純に感心しているようだった。

いや、楽しんでいるようだとさえ言える。

実際、「遊園地に遊びに来たゲストになりきるのが大切ですよね」などと言って、マスコット・キャラクターの帽子を購入し（購入したのは遊佐下警部だが）、白髪を隠すようにすっぽりかぶっている。

「ほら、遊佐下警部も。なりきるのは大切ですよ」

と、やはりマスコット・キャラクターを模した、変な眼鏡を渡された（これも、購入したのは遊佐下警部だ）。

「お似合いですよ。さすがは警部。潜入捜査はお手の物ですね」

からかわれているとしか思えなかったが、ここから先は、忘却探偵のやりかたに従うしかなかった――むしろ、情報漏洩を防ぐために、できる限り、寡黙に徹するべきだ。

受付でパンフレットを受け取る今日子さんに、「脱出ゲームでは、そのパンフレットを読み込むことが大切なんです。どんなヒントが隠されているかわかりませんよ」と忠告してしまいそうになったが、自重する。

常識レベルのことではあるが、完全なるノーヒントで、最速を達成して欲しい――これは希望というより、期待になってしまうのかもしれないが。

ただし、

「ス、スマート……、フォン？　フォン？　アプ……リ？　ダ……、ダウン……、ダウンロ
ー……、ド？」

と、受付嬢（世界観的には、『嬢』ではなく、ハドソン夫人ということになっている――服装でそれがわかる者は、さすがにごく少数だろうが）からの説明に不思議そうな表情を浮かべていた局面には、さすがに助言が必要だった。

常識以前の問題である。

（スマートフォンやアプリはともかく、さしもの忘却探偵も、ダウンロードがちんぷんかんぷんってことはないはずなんだが）

「ははあ。これが現代の携帯電話ですか。そして、アプリケーションというのは、ソフトウエアのようなものなのですね？　これをストアからダウンロードして……」

出だしで思わぬつまずきだったが、幸い、ここはタイムに含まれない――すんなり理解できたようだし、大したハンデにもなるまい。

「このゲームのためだけにソフト……、アプリを開発するとは、かなりの凝りようですね。元は取れるんでしょうか？　イベントの性格的に、リピーターが期待できるものではないはずなのに」

経済的なことを気にしながら、今日子さんは遊佐下警部が貸与した自前のスマートフォンで、作業を進める。

「だから、数ヵ月ごとにイベントの内容を切り替えるんだと思いますよ。容疑者Aにとっては、その切り替えこそが、狙い目だった――のかもしれません」

「ですね。ファーストプレイヤーだから、ネタバレはなかったはずという主張には、やはり意地悪な名探偵としては、作為的なものを感じないわけにはいきません――もっとも、今の私は名探偵ではなく、ベイカー・ストリート・イレギュラーズですが」

「……一応、確認させて欲しいのですが、シャーロックホームズに対するベイカー・ストリート・イレギュラーズというのは、日本でいうところの、明智小五郎《あけちこごろう》に対する少年探偵団のようなものなのですよね？」

「まさしく。このパンフレットにも、解説が記載されています。やや説明が甘いですが、まあよしとしましょう」

推理小説マニアが脱出ゲームに鷹揚な態度を取っていた――どういうせめぎ合いなのだ。

「しかし、憧れですよね。ベイカー・ストリート・イレギュラーズ。シャーロックホームズの手足となれるだなんて、子供の頃からの夢がひとつ叶った思いですよ」

忘却探偵も子供の頃の夢は覚えているのだろうか――あるいは、この辺は、適当なことを言っているだけかもしれない。

アプリのインストールも、どうやら無事内に終わったようだし、そろそろスタートを切って欲しい。

「そうですね。急ぎますか――最速の探偵が急かされていては、世話がありません。スマートフォンは、このままゲームクリアまで、お借りしていて構いませんか？」

「はい、もちろん」

クリアできなかった場合のことをまったく想定していないようなその物言いは、単純に頼もしかった。

「ただし、スマートフォンのブラウザアプリで、答やヒントを検索するのは、言うまでもなく、なしですよ」

「はい。言われるまでもありません。あとは、リアル・タイム・アタックとは言え、走るのも禁止にしておきましょうか。他のお客様もいらっしゃいますし、ぶつかったら危険ですから」

早足くらいならば構わないんじゃないかとも思ったが、しかし、今日子さんはそういう自分縛りのルールがあったほうが、燃えるタイプなのだろうと判断し、口出しはしないことにした。

「悠然と参りましょう。そしてにっくきモリアーティ教授を、ライヘンバッハの滝壺《たきつぼ》に突き落としましょう」

いくら大がかりな施設とは言え、そんなダイナミックなラストシーンが待ち構えているとは思えなかったが、やはり口出しは控える遊佐下警部——無言のまま、彼はストップウォッチを起動させた。スマートフォンを貸し出すことになったので、腕時計のストップウォッチ機能である——この機能を使うのは、何年振りだろうか。

ともあれ『ベイカー街の追跡』は開始された。

6

当たり前のことではあるが、その後の展開は、遊佐下警部が下調べした通りだった――犯人を知っている推理小説を読んでいるようなものである。

もっとも、優れた推理小説が何度もの再読に耐えるように、答を知っていても、知っているなりに楽しめる内容ではあった――遊びを知らない遊佐下警部が楽しめるのだから、これは本当に楽しいイベントなのだろう。

今日子さんも楽しそうである。

楽しまれてばかりいても困るのだが。

自分が本当はベイカー・ストリート・イレギュラーズではなく、名探偵だということは、せめて眠るまでは忘れて欲しくない。

（まあ、俺もすべての展開を把握しているわけじゃないんだけれど――）

ネタバレを知るのはまずいと気付いた時点で、下調べはやめた――ほとんどぎりぎりだったが、その甲斐あってイベントの最終段階については、知らずに済んだ。

（その最終段階を含めて、確か、この『追跡ゲーム』は、四段階にわけられる――んだったよな。第三段階目までがホームズの事務所内の、それぞれのフロアでおこなわれて、で、最終段階で建物の外、ベイカー街に出る――）

街に出た先は、遊佐下警部にとっても未知数だ——つまり、ビルディングの内部にいる内だけ、今日子さんにヒントを出さないよう、寡黙な刑事を気取っていればいいということである。

（シャーロックホームズの冒険譚《ぼうけんたん》なら、子供の頃にさんざん没頭したものだけれど……、登場する刑事の名前までは覚えてないな。なんだっけ……？）

もっとも、物語中のシャーロックホームズがそうであるように、今日子さんには遊佐下警部のサポートなど、まったく必要がないようだった——第一段階、第二段階、第三段階までを、ほとんどノンストップで、しかし優雅に、さくさくとクリアしていく。

初心者とはとても思えないいきびきびした動線である。どころか、初見プレイにはあるまじきスピードだった——そんな免状があるのかどうかは定かではないが、脱出ゲームのプロなんじゃないかと思うような足取りである。

むろん、不正行為をおこなっている様子はない——お目付役を頼まれていたが、どうやらその必要はないみたいだ。むしろ、ついていくだけで精一杯である。

そもそも、動きこそ早いが、あらかじめ答を知っている——というわけでもなさそうだった。そういう意味では、答を知っている遊佐下警部から見れば、今日子さんの動きには無駄が多い。

ノンストップでこそあれ、決して最短距離を辿ってはいない。正解に至るまでに、いくつもの不正解を経験している——逆に言えば、試行錯誤や失敗を恐れていない。

（急がば回れってことでもないんだろうが——結局はそれが、一番早いってことなんだろうか。俺だったら、もっと慎重に、考え込んでしまいそうなものだけれど——）

網羅推理という忘却探偵の独特のスタイルは、どうやら脱出ゲームにおいても、それなりに有効らしい——慣れないスマートフォンにインストールした専用アプリの操作に、スタート時こそ手間取っていたようだけれど、第三段階をクリアする頃には、それにまつわるタイムロスもなくなっていた。

順応力が高い——これも速いというべきか。

それが一日ごとに記憶がリセットされる体質ゆえなのかどうかは定かではないが、試行錯誤や失敗を恐れない彼女は、結果、順応速度もスピーディになるのかもしれなかった。

「謎解きイベントと推理小説の相性の良さゆえでもありますけれどね。しかし、両者には決定的な違いもあるようです」

と、独り言を言う余裕も生じたらしい。

決定的な違い？

と、危うく合いの手を入れかけたが（それくらいはしてもよさそうだったが、なにせ相手は名探偵である、どんな発言を手がかりに『今なんとおっしゃいました？』と、振り向いてくるかわからない）、遊佐下警部はすんでのところで黙る——今日子さんは気にした風もなく、

「推理小説と違って脱出ゲームは、ある程度、謎を解いてもらうことを前提に組み立てられているということです——『読者への挑戦』というシステムもありますけれど、一かゼロか

のミステリーの世界とは、そこは大違いですね」

と、続けた。

相槌を打てないので、その発言の意図するところを完全に受け止められたかどうかはわからないが、それは下調べをしている段階でも、遊佐下警部は思ったことだ。

たとえ初めてプレイする者でも、ある程度までは進行できるようにはなっている――それに、救済措置もある。たとえば、この『ベイカー街の追跡』の場合は、行き詰まった際には、ハドソン夫人やワトソン助手、あるいはシャーロックホームズその人が、ヒントをくれる仕組みになっているそうだ。

アプリ内の機能で、電話がかかってきたり、メールが届いたりするという形である。ホームズからヒントがもらえるというのは、ミステリーファンならば垂涎《すいぜん》とも言えるような魅惑のシチュエーションであり、遊佐下警部は密かにその展開を待ちかまえていたところもあったのだが、残念ながらノンストップで進行する今日子さんには、ホームズやワトソンはおろか、ハドソン夫人からの連絡さえもなかった。

古典の名探偵と現代の名探偵の会話が聞けるんじゃないかという遊佐下警部のほのかな期待は、あえなく空振りに終わったわけだ――まあ、仕事の上での期待には応えてくれているのだから、なんの問題もないのだが。

さておき。

第一段階の『謎』は、ホームズの部屋に残された、モリアーティ教授の手紙を四通、つなぎ合わせて解読するというものだった。アナグラムやクロスワードパズルといったようなクイズで、遊佐下警部でも、考えたら解けただろうと、素直に思えるものだった。

それにより導き出せたキーワード『ヨッツノショメイ』と、アプリ内に表示されたボードに手書きで書き込めば、フロアを三階から二階へと、降りることができた。

第二段階は、音楽に関する問題だった――おそらく、バイオリンの名手であるシャーロックホームズを題材に据えた『謎』なのだと思われる。ただし、問題に使われていたのは、バイオリンではなくピアノだった。

これも、難易度のコーディネートの一環なのだろう――バイオリンのような専門的な楽器を問題の材料に使われてしまっては、遊佐下警部あたりには手も足も出ない。ピアノならば、別に習っていなくとも、ドレミファソラシドくらいは誰にでもわかるだろう。

ピアノの鍵盤を、スマートフォンの画面に表示された、パソコン用のキーボードに置き換えて、メッセージを入力（『手紙を返信する』という設定だった）することで、一階への扉が開かれた。

遊佐下警部が難しくなってきたと感じたのが、移動したその一階で挑むことになる第三段階からの『謎』で、モリアーティ教授の痕跡を追う形で、３×３の魔方陣パズルを解くことになった――そのパズル自体はさほどのものではなかったが、しかし、解いた答が何を意味するのかで、多くのプレイヤーはつまずくことになるらしい。

今日子さんも、ここらでそろそろ立ち止まるのではないかと思われたが、

「これはきっと、フィーチャーフォンの数字キーの1~9の部分を、並べ替えたものなのでしょうね——だから、アプリ内の電話機能を利用するのだと思います」

と、瞬殺だった。

暗号系の『謎』は、むしろ網羅推理のもっとも十八番《おはこ》とするところなのかもしれない。ちなみにフィーチャーフォンとは、ガラケーの優しい表現らしい。

そんな感じで、第三段階の『謎』までは、滞りなく、今日子さんは達成してのけたのだった——まあ、前述の通り、ここまでは、時間をかければ、大抵のプレイヤーが辿り着けるわけだ。そういう作りになっている。

推理小説との違い。

遊園地の中のエンターテインメントなのだから、『謎』ではなく、『謎解き』を楽しんでもらわなくてはならないという制約が、脱出ゲームにはあるのだと思われる——むろん、推理小説だってエンターテインメントには違いないのだが、しかし、ミステリーにおいては、読者に『もうちょっとで解けたかもしれない』と思われることは、ほぼ作者の敗北を意味するわけで、自然、難易度は無闇《むやみ》に高くなりがちだ。

それを『一かゼロか』と今日子さんは表現していたが、それで言うなら脱出ゲームは、八割までの正答率が実現できれば、『いいイベント』になるのだろうと思われる。

この『ベイカー街の追跡』を遊佐下警部がリサーチした際、基本、評判がよかったのも頷けるというわけだ——ただし、楽しく謎が解けるのは、この第三段階までである。

第四段階。

受付を済ませたときとは違う出口から、衛兵に誘導されて外に出たところで、プレイヤーは愕然とすることになる──ベイカー街が迷路と化しているのだ。

この迷路を、正しい道順で攻略すれば──ゴールがライヘンバッハの滝なのかどうかはともかくとして──モリアーティ教授の背中に追いつくことができる。できるそうなのだが。

「これは──困りましたねえ」

さすがの今日子さんも、ここで初めて足を止めた──無理からぬ話である。紙の上で迷路を解くのと、三次元で迷路に挑むのとでは、まったく要領が違う。

いや、どころか、こうして迷路のスタート地点から街を眺めてみる限り、歩道橋があったり地下道があったりで、右手法やらでは攻略できない構造であることは明白である。

全体を俯瞰《ふかん》できなければ勘に頼るしかなくなるが、しかし、この局面では失敗を恐れない網羅推理の出番はない──いくらなんでもロスが大き過ぎる。

それでも、いつかはクリアできるのかもしれないが、今の彼女は、リアル・タイム・アタックの最中だ。日が暮れるまでかかりそうな運任せを、まさか実行するわけにはいかない。

うまくすれば一時間半でクリアできる仕組みにはなっているはずなのだから、この迷路を、山勘に頼らず攻略する方法はあるはずなのだ──実際、この第四段階に至るまでに、使われていないヒントがあった。

暖炉にナイフで縫いつけてあった手紙の末尾に、記されていた署名──『マイクロフトホームズ』。

言わずと知れたホームズの実兄の名前だが、いかにもな形で思わせぶりに登場しているそのキーワードを、今日子さんはここまで一度も使用していない——ならば、ここここそがその出番だと、素人でも思いそうなものなのだが。

「ええ……、そうですよね。特にマイクロフトホームズと言えば、原作小説において、馬車を駆る馭者《ぎょしゃ》として登場していますから、迷路の案内人として、これ以上なく相応《ふさわ》しいはずなのですが」

今日子さんがマニアっぽいことを言っていた。

やはり相槌を打つわけにはいかないが。

いや、ことここ、最終段階に至れば、もう遊佐下警部も、うっかり解答を漏らしてしまうということはない。

下調べはこの先の迷路には及んでいないのだから。

まずいと気付いてやめたからなのだが、しかし、クリアできた者の数が少ないから、必然、漏れている情報も、それまでに比べて格段に少なかったというのもあるのだろう。

腕時計で稼働し続けているストップウォッチに目をやる——現在、四十五分三十二秒。すさまじい速度でゲームを進めてきた今日子さんではあるが、しかし、このまま玄関口で立ち止まり続けていれば、目標である一時間以内のクリアタイムは、達成不可能だろう。

「うーん……」

今日子さんはスマートフォンのアプリ内を、人差し指でいったりきたり操作しつつ、唇を尖《とが》らせる。

悩んでいると言うよりも、不満そうだ。

足を止めつつも指は動かし続けているという意味では、決してゲームを投げ出してはいないのだろうが……、ここで立ち止まっているより、いっそ、一かバチか、迷路内に入ってしまうのもありなのでは？

「あの、今日子さん……」

何を言おうとしたわけでもないが、こらえきれず、とうとう遊佐下警部が、そう声をかけたのとほぼ同時に、まるでクロスカウンターパンチのごとく、「あの、遊佐下警部……」と、忘却探偵のほうからも、声をかけてきた。

遊佐下警部からすればクロスカウンターパンチだが、今日子さんからすれば、先んじて声をかけられたというような受け取りかたをしたらしく、『おやおや、最速の刑事は声をかけるのも最速ですか』というように、睨《にら》みつけられた。

最速に対するそのこだわりは何なのだろう。

そこをアテにしているとは言え、いくらなんでも行き過ぎているように思う――ともかく、言いたいことがあったわけでもない遊佐下警部は、「なんでしょうか」と、先手を譲った。

「今更ですけれど、クリアの平均が二時間というのは、あらかじめ、目安として公式発表されているものなのですよね？　容疑者Aさんがそれを知った上で、アリバイ工作に利用したと仮定するなら……、『一時間半でクリアした』と主張するよりも、『二時間以上かかった』、あるいは『クリアできなかった』と主張したほうが、アリバイ工作のためにはプラスになったと思うんです……、最初から疑問ではありましたけれど、どうして彼、もしくは彼女はそうしなかったんでしょうね？」

「ん、まあ……、そりゃあ、そうでしょうが……、マニアを自負する容疑者Ａとしては、いくらアリバイ工作のためであっても、脱出ゲームのクリアに平均以上に時間を要したとか、クリアできなかったとか言うのは、プライドが許さなかったんじゃないですか？」

思いつきで答えた割にはいい仮説だと思ったが、今日子さんはそれでは納得できないようだった。

いや、行き詰まったゆえの気分転換なのかもしれないけれど、今は事件や容疑者のことよりも、この脱出ゲームにだけ、専念して欲しい。

しかし、今日子さんはそんな遊佐下警部の思いもよそに、

「それで？　遊佐下警部は、私に何を言おうとしていたのですか？」

と、訊いてきた。

「いえ、こうしてここで立ち止まっていても仕方がないので、思い切ってえいやっと、迷路に挑んだほうがいいんじゃないかと考えたのですが……」

暗号に悩むのも、順路に迷うのも、ここまで来たら大差ないんではないでしょうか――と、たぶん脱出ゲームにおいては、もっとも取ってはならない考えかたを勧めようとした遊佐下

「あ、いえ、暗号はもう解けているんですけれどね？」

と、返された。あっさりと。

そして悩ましげに。

「ただし、私がどんなタイムを出そうとも、この仕組みだと結局、容疑者Aさんのアリバイはきっちり成立しちゃうんですよねえ……」

警部だったが、

7

聞いてみれば、第三段階を終えて建物を出て、迷路のスタート地点で足を止めた時点で、今日子さんは第四段階の『謎』を、ほぼ解き終えていたらしい──しかし、その方法では目的にそぐわないということで、他の攻略法を探して、つまり『マイクロフトホームズ』を使わずに攻略する手段を探して、足を止めていたのだそうだ。

「でも、やっぱりあのキーワードを使うしかなさそうですねえ──システムに穴がないか考察してみたのですが、鉄壁でした」

謎解き自体は、それまでのみっつと同じように、答を聞けば『もうちょっとでわかりそうだったのに』と思わされるものだった──実際には解けっこないにしても、そう思えた。

「角書きに『手紙』とあるよう、このイベントのテーマは、通信や連絡、署名を主軸に据えていましたからね。百年以上前の世界観を、どう現代とすりあわせていくのかという意味では、記憶がリセットされる忘却探偵としては、大いに考えさせられるものがありました。第一段階の三階では、導き出された答を手書きで送信しましたよね。第二段階の二階では、ピアノの鍵盤から連想される、キーボード入力。第三段階の一階では、フィーチャーフォンの入力キーを魔方陣に見立てて使用しましたね。では、第四段階では、スマートフォン特有の入力方法を使用するのではないかと推理しました」

第三段階が一階とか言うとややこしくなっちゃいますけれどねえと、細かいことを付け足しつつ、今日子さんはスマートフォンの画面を提示した。

アプリ内の、メール送信画面。

そう。

今日子さんが、脱出ゲーム同様に初見であった、スマートフォン特有の文章の入力方法と言えば——

「フリック入力……ですか」

はい、と頷く今日子さん。

「具体的には、『マイクロフトホームズ』と、フリック式で入力するときの、指の動きが、そのまま道案内となるわけです。『マ』なら『まっすぐ前』、『イ』なら『左に曲がる』、『ク』は『階段を上る』、『ロ』なら『階段を下りる』……、なので、『マイクロフトホームズ』なら『前』『左』『上』『下』『上』『下』『下』『右』『上』『上』『前』です」

「ん……、最後、『上』『前』ですか？」

ワンブレスで言われたので、咄嗟についていけなくなったが、かろうじて食らいつく遊佐下警部——今日子さんは頷いて、「はい。『ホームズ』の『ズ』は、『ス』と『濁点』ですので。『濁点』キーを一回押すのを、『まっすぐ前へ』と解釈しました」と説明した。

ほんのさっきまで、スマートフォンの存在自体を忘れていた人とは思えない流暢《りゅうちょう》さだった——そこまではっきりと断言するなら、検算の必要はないだろう。

もちろん、フリック入力の方式はスマートフォンの機種によってそれぞれ異なるので、そこはアプリがそれぞれに合わせた迷路のパターンを用意しているに違いない。遊佐下警部の場合は、そのルートということだったようだ。

正解は必ずしもひとつである必要がないのも、推理小説との違いか……。

「じゃ、じゃあ、その道案内に従って、迷路を攻略しましょうよ。今から……、まあ、走らないにしても、今からでも急げば、一時間以内にクリアすることができるのでは……?」

「ええ。私達はぎりぎりで、一時間以内という目標タイムを、クリアできることでしょう——でも、ここまで操作してみてわかったんですけれど」

このアプリ、プレイ時間が記録されるみたいなんですよね。

と、今日子さんは言った。

8

建物からベイカー街に出た時点から、つまり迷路エリアに出た時点から、条件が整ったのか、アプリ内でもストップウォッチが動き出したのだと言う。

つまり、モリアーティ教授を追っての迷路攻略に要した時間がはっきりと、画面に表示されるわけだ——ご丁寧にも、ゴール時の現在時刻まで、同時に記録される仕組みだった。

和風に言うなら、『何時何分、被疑者確保』である。

こうなってしまえば、今日子さんがリアル・タイム・アタックの結果、ベストスコアを叩き出そうとどうしようと、容疑者Aのアリバイ崩しには、まったく無関係である——彼、もしくは彼女のスマートフォン内のアプリケーションに、保存されている記録だけがすべてなのだから。

その記録が、本人の主張通りに一時間半であるならば、遊佐下警部のやったことは、アリバイ崩しどころか、容疑者Aのアリバイを、強固に裏付けしてしまったようなものだった。

らしくもなく遊園地までのこのこやってきて、いったい何をしているのだ——いや、もちろん、無実の人間の潔白を証明できたというのであれば、それだって十分な成果ではあるのだが、しかし……。

「『無実の人間』とは、言いにくいですねえ」

今日子さんが、遊佐下警部の内心を代弁するように言った——推理した通りの方法で、マイクロフトホームズに道案内されるような形で迷路を脱し、モリアーティ教授を確保したのち（やはり、滝壺にたたき落とすというような落ちではなかった）、ふたりは、再びカフェテリアに戻ってきていた。

ちなみに、記録は一時間を切れなかった。

リアル・タイム・アタック、失敗である。

迷路の入り口でゲームの内容とは無関係なアリバイ崩しについて悩んでいなければ、おそらく目標タイムはクリアできていただろうが、既にあの時点で、達成する意味はなくなっていた。

その後はほとんど消化試合である。

いや、迷路の中にもまだイベントは残されていて、それもまた味な『謎』だったりしたのだけれど、もはや完全に本筋ではない。

「そんな確固たるアリバイの証拠があるのなら、最初からそう主張すべきなのに、それをしていない――ただ口頭で、脱出ゲームに参加していたとだけ主張している。不自然だと言わざるを得ません。まさか、お忘れになっているわけでもないでしょうに」

忘却探偵ならぬ忘却犯人でもあるまいし、と今日子さん――そこは同意するしかない。少なくとも遊佐下警部が聴取した限り、容疑者Aは、そんな風変わりな犯人ではない。

「しかし、だからと言って、そんな証拠を偽造することは難しいのでは？　アプリのダウンロードは外部からでもできるにしても、ゲームのプレイは、実地でおこなうしかないんですから――」

「証拠を偽造したという証拠はありませんが」

こんがらがるようなことを言ってから、今日子さんは、かぶりっぱなしだった、マスコット・キャラクターの帽子を脱いだ。

「自分が殺人をおかしている間、共犯者にスマートフォンを託し、脱出ゲームをプレイしてもらえばよいのではないでしょうか——このような帽子をかぶって、遊佐下警部がかけてらっしゃるような眼鏡をかければ、一応の変装にはなるでしょうし。遊園地ならではの『入れ替わりトリック』ですが」

「『入れ替わりトリック』……」

確かに、これらのアイテムは、ゲストの匿名性を担保するものでもあるだろう。

「脱出ゲーム風に言うなら、チームプレイでしょうか？　一時間半と、やや短めのクリアタイムを主張したのは、共犯者がそのタイムでクリアできてしまったから、そう言うしかなかったのだと見れば、不自然さはなくなります」

「…………」

できなくは——ないだろう。

証拠はないし、根拠もない。

共犯者の特定さえ、ほとんど不可能であるにしても。

「……スマートフォンと、アプリのダウンロードが必須のイベントであることは、あらかじめ告知されていたでしょうから、それをアリバイ工作に利用できると思ったんでしょうか？」

「どの道、動機などの面から自分が疑われることは覚悟の上で、無実の証拠を作っておいた……、警察による捜査の段階ではそれをあえて伏せておいて、検察段階、あるいは裁判の席で、ひっくり返すつもりなのかもしれませんね。長期間勾留されることで、賠償金をせしめようとしているという線もあります」

そんな捨て身の線があるだろうか。

守銭奴探偵の推理はうがち過ぎにも思えるが、ただ、本当に、『どうせ疑われるのなら』という行きがけの駄賃をもくろんでいるのだとすれば、いい根性である。

どんでん返し。遊佐下警部がもっとも恐れていた可能性だ。

「でもまあ、逮捕したときにスマートフォンを押収していますから……、下手に主張して、その証拠品を握りつぶされるのではないかと、恐れているっていうのが、実際的ですかね……」

いくら不都合な証拠だからと言って、アプリケーションをアンインストールするというような悪徳警官みたいな真似を、まさか遊佐下警部がするわけもないが、しかし、後ろめたいところがある容疑者としては、疑心暗鬼になるのも無理はない。

ただ、握りつぶすことはないにしても、逆に、押収しているとは言っても、暗証番号でロックされたスマートフォンの中身を覗くこともまた、本人の協力を仰げない以上、ほとんど不可能である。

「え？　ちょっと待ってください、遊佐下警部。今なんとおっしゃいました？　容疑者Aさんのスマートフォンを押収している……、逮捕したときに？」

「あ、えっと」

しまった、まだそれは教えていなかったのだった――脱出ゲームをクリアしたことで気が緩んで、うっかり口にしてしまった。

いや、別にもとより、隠すようなことではなかったし、ゲームをクリアしてしまった今となっては、隠しておくほうがおかしいので、話してしまってまったく構わないのだが、探偵役の決まり文句とも言うべき『今なんとおっしゃいました?』を直に聞いてしまうと、秘密厳守の難しさを、今更ながら痛感する。

謎解きイベントの最中無言に徹したのは、ならば正着《せいちゃく》だったと言うべきか――しかし、参考人として話を聞いているのと、逮捕して事情聴取をしているのとで、どう違うというのだろう。

(もちろん、ぜんぜん違うにしても……、俺は何を言ったんだ?)

「いえ、容疑者Aさんが逮捕済みであること自体は、推理の上では重要ではありません――重要なのは、スマートフォンの押収です。逮捕したのはいつのことで、スマートフォンを押収したのは、何時の話ですか?」

「……えっと」

それこそ『何時何分、被疑者確保』ではないが……、正確な時刻はぱっと出てこないが。

「事件当日の夕方です……、それが何か?」

「だとしたら」

と、今日子さんは言った。

テーブルの上に置かれた、遊佐下警部のスマートフォンの画面に、人差し指で触れながら。

「だとしたら偽造の証拠を根拠にして、容疑者Aさんのアリバイを崩せるかもしれません——なので、遊佐下警部」

容疑者Aさんの指紋を、押収したスマートフォンから採取していただけますか？

9

最初は、何を言っているのか計りかねた。

本人のスマートフォンである以上、本人の指紋が検出されるのは当たり前だからだ——しかし、詳しく聞いてみると、採取して欲しいのは、指紋の動きとのことだった。

指紋の動線とのことだった。

「容疑者Aさんが、本当に謎解きイベント『ベイカー街の追跡』に参加していたというのなら、少なくとも最終段階のキーワードである、『マイクロフトホームズ』を、入力した人指し指の痕跡が、スマートフォンの画面に残っていなければおかしいんですよね——『マ』『イ』『ク』『ロ』『フ』『ト』『ホ』『ー』『ム』『ス』『濁点』。すなわち、『前』『左』『上』『下』『上』『下』『下』『右』『上』『上』『前』と」

ゲーム参加から時間が経過していたら、画面を拭《ふ》いたり、新たな入力を繰り返したりで、いずれ入力の痕跡は消えてしまうだろうが——当日の夕方に押収したと言うのならば、動線が残っている余地はある。

暗証番号を解読するまでもなく、画面の指紋を解析すればいい。

もしもその痕跡があれば、本人のアリバイ主張を完全に裏付けるものとなるだろうが——もしも、同じ動きを連想させる別人の指紋が検出されたなら、共犯者の存在が浮き彫りになるとも言える。

もっとも、今日子さんはそこまでの期待をしていたわけでもないらしい——変装した共犯者が、容疑者Aのスマートフォンを借りてゲームに参加していたとするなら、手袋をするなりスタイラスペンを使うなりの対策をするはずだと、ある意味で犯人を買いかぶっていたからだ。

だが、まさか殺人の共犯者にされるとは思っておらず、単に『代わりに参加してきてくれ』とだけ頼まれていた容疑者Aの友人——脱出ゲームを通じて知り合った、まさしく『チームワーク』の友人らしい——は、そもそも変装などせずに、不用心にも素手でスマートフォンを操作していたので、ばっちり、『マイクロフトホームズ』と入力した指紋が残されていた。

その指紋に前科があるというところまではうまくはいかなかったが、鈍重なる遊佐下警部の、地道なひとり虱潰《しらみつぶ》し作戦によって、指紋の主は突き止められた——突き止めてしまえば、あとはもう芋蔓《いもづる》式だった。共犯者は当然、スマートフォンを借りる際に、容疑者Aから暗証番号を教えられていたからだ。

それで確認できたのは、脱出ゲームアプリの有無ではなく容疑者Aのプライベートであり、結局、決定的な証拠になったのは、容疑者Aと被害者Aとのメールのやりとりだったのは、あっけないとも言えたし、皮肉とも言えた。

アプリに記録されたクリア時間という『証拠』を、容疑者Aが自ら提出しなかった理由は、裁判のときにひっくり返そうとしていたとかではなく、スマートフォン内のその辺りの処理をする前に逮捕されてしまったからか。

一日で記憶がリセットされる忘却探偵は、そんな遊佐下警部の『その後の捜査』のなりゆきを、当然、最後まで見守ることはできなかったけれど、遊園地から立ち去るときに、こんなことを言っていた。

「私が記憶している頃から、機械による文章の入力に慣れてしまうと、手書きで文字が書けなくなるなんて言われていましたけれど——なんだかんだ言いつつ、筆跡鑑定は未来永劫《みらいえいごう》、有効なんですかねえ」

今日子さんも未来を語ることがあるらしい。

それがどんな最速であっても、決して到達することのない未来であるにせよ。

あとがき

推理小説を楽しんでいる本読みが一度は突き当たる壁として、『人殺しの話を楽しむなんて不謹慎だ』というものがあります。そんな風にお叱りを受けることもあれば、『この残虐な悪意をエンターテインメントとして消化している自分って人としてどうなんだ?』と、自ら疑義を呈するケースもあります。いや人殺しじゃないミステリーだっていっぱいあるんだよ、たとえば日常の謎とか、という言い訳が念頭に浮かびますが、日常の謎だってえぐいものはえぐいですし、どう言い繕っても、犯罪行為を中軸に据えた小説であることはがっちがちに揺るぎありません。実際、倫理的に規制されたり、自主的に規制されたりする時代もあったようですし、今も本質的には、そう変わっていないような感じですが、ただ、じゃあ、他の小説だったらそうではないのかと言えばさにあらずと言いますか、家族小説とか恋愛小説とかだって、登場人物を、トラブルや行き違いや悲劇に直面させることで物語は形成されていくわけで、『トラブルや行き違いや悲劇をエンターテインメントとして消化している自分って人としてどうなんだ?』という、同じ悩みを抱えそうな気がします。正義を描くためには、それと匹敵する悪を描かねばならないのはストーリーテリングの基本ですが、それとはまた違う比較論で、『楽しい』という感情は、どこか『不謹慎』と表裏一体になっているのでは。それはエンターテインメント、娯楽小説だけでなく純文学でも同じであって、要するに『面白い』は『腹黒い』に通じるということになります。

面従腹背！　でもまあ、そういう『悩み』っていうネガティブな感情も、楽しんじゃうのが人間なんですかねえ。

そんなわけで、悩みとは無縁の存在としての名探偵を描く、忘却探偵シリーズの第七弾です。初めまして。『掟上今日子の誰《クイ》がための《ボノ》に』と『掟上今日子の叙述トリック』の二作がメフィストに掲載された短編で、『掟上今日子の心理実験』と『掟上今日子の筆跡鑑定』の二作が書き下ろしです。それぞれ独立した短編ではありますが、強いて言うなら、シリーズ第三弾の『掟上今日子の挑戦状』とシリーズ第五弾の『掟上今日子の退職願』から連なる、『今日子さんと刑事さん』パターンです。『今日子さんと厄介くん』パターンとは違う味わいとなります。細かいことを言うと、『今日子さんと男刑事さん』と『今日子さんと女刑事さん』に分類可能ですけれど、あんまり細かいことを言い過ぎると逆にややこしいので、やっぱり一冊ずつ、別のものとして読んでいただければと思います。だからこその忘却探偵という感じで、『掟上今日子の家計簿』でした。

内容はばらばらなシリーズですが、表紙はずっと今日子さんで、七冊並べると圧巻ですね。ＶＯＦＡＮさん、ありがとうございます。ちなみに次回、シリーズ第八作は『掟上今日子の旅行記』となります。よろしくお願いします。

西尾維新

初出――――『掟上今日子の誰がために《クイボノ》』メフィスト 2015 VOL.3
『掟上今日子の叙述トリック』メフィスト 2016 VOL.1
『掟上今日子の心理実験』
『掟上今日子の筆跡鑑定』書き下ろし

西尾維新

1981年生まれ。第23回メフィスト賞受賞作『クビキリサイクル』(講談社ノベルス)で2002年デビュー。同作に始まる「戯言シリーズ」、初のアニメ化作品となった『化物語』(講談社ＢＯＸ)に始まる〈物語〉シリーズなど、著作多数。

装画
VOFAN

1980年生まれ。台湾在住。代表作に詩画集『Colorful Dreams』シリーズ(台湾・全力出版)がある。2006年より〈物語〉シリーズの装画、キャラクターデザインを担当。

協力／全力出版

掟《おきて》上《がみ》今日子《きょうこ》の家《か》計《けい》簿《ぼ》

2016年8月22日 第1刷発行

著者――西尾維新《にしおいしん》

発行者――鈴木 哲

発行所――株式会社講談社
東京都文京区音羽2-12-21 郵便番号112-8001
編集03-5395-4114 販売03-5395-5817
業務03-5395-3615

印刷所――凸版印刷株式会社

製本所――株式会社若林製本工場

定価はカバーに表示してあります。

ISBN978-4-06-220270-1 N.D.C.913 242p 18cm

NISIOISIN
西尾維新

忘却探偵シリーズ第8弾、
2016年10月発売！

掟《おきて》上《がみ》今日《きょう》子《こ》の
旅《りょ》行《こう》記《き》

どんな家だったか
忘れましたけれど、
やっぱり家が一番ですね。

Illustration / VOFAN

忘却探偵シリーズ既刊
好評発売中！

電子版も
同時配信！

「掟上今日子の備忘録」

「掟上今日子の推薦文」

「掟上今日子の挑戦状」

「掟上今日子の遺言書」

「掟上今日子の退職願」

「掟上今日子の婚姻届」

「掟上今日子の家計簿」

講談社

美少年探偵団
西尾維新がおくる、新たな名探偵にして強力なチーム。
Illustration
キナコ

FIRST SEASON
[化物語(上・下)]
[傷物語]
[偽物語(上・下)]
[猫物語(黒)]

SECOND SEASON
[猫物語(白)]
[傾物語]
[花物語]
[囮物語]
[鬼物語]
[恋物語]

FINAL SEASON
[憑物語]
[暦物語]
[終物語(上・中・下)]
[続・終物語]

OFF SEASON
[愚物語]
[業物語]
[撫物語]

COMING SOON
[結物語]

西尾維新
NISIOISIN

Illustration **VOFAN**

KODANSHA BOX

新
戦争はここからが佳境！
悲鳴から始まる英雄譚
伝説シリーズ

維
悲衛伝《ひえいでん》
2016年刊行予定

好評既刊
悲鳴伝
悲痛伝

講談社ノベルス

西尾

悲球伝《ひきゅうでん》

悲終伝《ひじゅうでん》

悲惨伝
悲報伝
悲業伝
悲録伝
悲亡伝

西尾維新文庫

少女《しょうじょ》

西《にし》尾《お》維《い》新《しん》

少女はあくまで、
ひとりの少女に過ぎなかった……、
妖怪じみているとか、
怪物じみているとか、
そんな風には思えなかった。

presented by
NISIOISIN

illustration by
碧風羽

講談社文庫
published by
KODANSHA
定価◉本体660円［税別］

不十分
ふじゅうぶん
「少女」と「僕」の不十分な無関係。
この本を書くのに、
10年かかった。

西尾維新文庫・好評既刊

講談社文庫

〈人間シリーズ〉イラスト 竹

『零崎双識の人間試験』定価762円（税別）

『零崎軋識の人間ノック』定価762円（税別）

『零崎曲識の人間人間』定価695円（税別）

『零崎人識の人間関係 匂宮出夢との関係』定価660円（税別）

『零崎人識の人間関係 無桐伊織との関係』定価750円（税別）

『零崎人識の人間関係 零崎双識との関係』定価610円（税別）

『零崎人識の人間関係 戯言遣いとの関係』定価630円（税別）

〈戯言シリーズ〉イラスト 竹

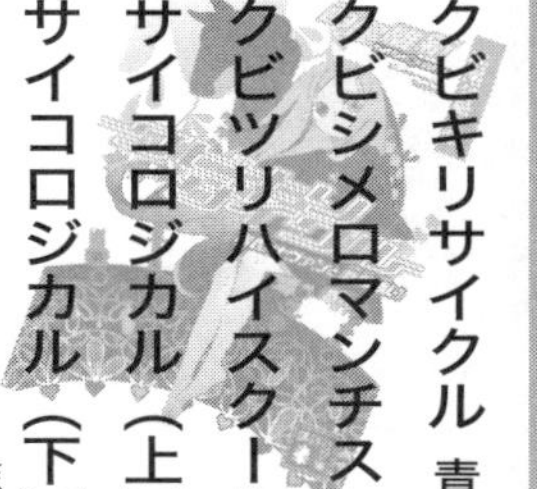

『クビキリサイクル 青色サヴァンと戯言遣い《ざれごとづかい》』定価781円（税別）

『クビシメロマンチスト 人間失格・零崎人識《ぜろざきひとしき》』定価790円（税別）

『クビツリハイスクール 戯言遣いの弟子』定価552円（税別）

『サイコロジカル（上）兎吊木垓輔《うつりぎがいすけ》の戯言殺し』定価590円（税別）

『サイコロジカル（下）曳《ひ》かれ者の小唄《こうた》』定価648円（税別）

『ヒトクイマジカル 殺戮《さつりく》奇術の匂宮《におうのみや》兄妹』定価1000円（税別）

『ネコソギラジカル（上）十三階段』定価857円（税別）

『ネコソギラジカル（中）赤き制裁vs.橙なる種』定価857円（税別）

『ネコソギラジカル（下）青色サヴァンと戯言遣い』定価857円（税別）

〈JDCトリビュート〉

『ダブルダウン勘繰郎《かんぐろう》 トリプルプレイ助悪郎《すけあくろう》』二部作収録 定価724円（税別）

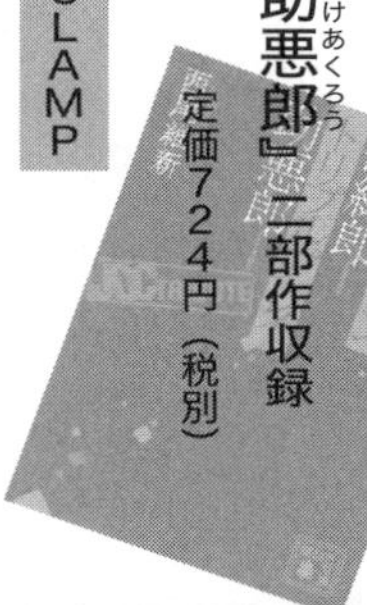

〈小説版『×××HOLiC』〉原作&イラスト CLAMP

『アナザーホリック ランドルト環エアロゾル』定価648円（税別）